Les enchanteurs

GENEVIÈVE BRISAC

Les enchanteurs

ÉDITIONS DE L'OLIVIER

ISBN 978.2.8236.1875.4

Merci, oh merci !
De n'avoir jamais rien compris…
Merci, oh merci !
De m'avoir donné cette rage
Libre, libre, libre
De venir jusqu'ici

Anne Sylvestre

Chapitre 1

Une vie entière

Le cœur battant, le cœur lourd, elle remplit le coffre de sa voiture. Je la vois de dos pour le moment. Un dos étroit, des cheveux fous.

Je sais qu'il y a là sa vie entière. Le coffre déborde de tracts et d'affiches, il sent la cigarette et l'encre, on y trouve aussi un duvet gris, des bières et un sac de voyage.

Cette voiture est son bien le plus précieux. Un bien de couleur bronze. Doré presque. Un carrosse. Des camarades ouvriers de l'usine Renault à Flins la lui ont vendue à bas prix.

Voiture dorée vaut mieux que bonne renommée.

Elle emménage aujourd'hui à l'École normale supérieure des filles-qui-n'ont-pas-fait-de-grec.

Fontenay, c'est ainsi qu'on la nomme, se situe à Fontenay comme son nom l'indique. On y accède par un boulevard qui ondule à travers de beaux arbres.

Nouk se perd.

Nouk, c'est le nom de la fille.

La voici qui se perd.

Oh, my God, elle se perd cent fois. Sens de l'orientation, néant. Elle gare enfin son carrosse devant le perron de l'École normale supérieure à l'heure du dîner. C'est comme arriver dans un pensionnat. Jamais elle n'a été en pension. Une prison facultative. Pour des prisonnières volontaires, dans une ville au nom ravissant.

Vous qui entrez ici, laissez toute espérance.

Sa chambre est une cellule semblable à celles qu'elle a visitées autrefois au 45, rue d'Ulm, chez les garçons. Elle est simplement plus triste. Tout est toujours plus triste chez les filles. Plus pauvre et plus triste. Un lit étroit, une table métallique, une chaise assortie, une armoire munie d'une tringle et de cintres en fer-blanc. Une table de nuit. Des étagères étroites destinées aux livres. Un lavabo. Elle range rapidement ses vêtements et colle une photo de Rosa Luxemburg sur l'armoire.

Elle devrait être fière et gaie. Hélas : elle est fière, bien sûr, mais tellement déçue.

C'est moi. Je me vois. Je descends dîner sans parler à personne et personne ne me parle, il n'y a là aucun visage familier. Je n'ai jamais su aborder les gens, et mon air terrifié me maintient fermement dans ma solitude. On apporte de la soupe.

La soupe du couvent. Mon Dieu. De la soupe. Du gratin de pâtes. Un yaourt.

Je veux retourner au Quartier latin et assister à une réunion sur n'importe quoi. N'importe quoi de vivant. C'est ça ma vraie vie. Sans jamais de soupe. Mort aux soupes !

Des cigarettes et des cafés et des dîners à minuit chez l'Afghan. Donnez-moi une assiette en plexiglas transparente remplie du riz à la carotte de l'Afghan.

Je me retourne dans mon lit de fer. Passé ce concours par conformisme, sans y réfléchir, l'ai réussi par chance. J'ai aimé ces années irréelles absorbée dans les livres en pensant à la révolution.

C'est cela qu'il y avait au bout, une petite chambre nue, un bol de soupe, une écrasante solitude. Une nuit blanche sinistre.

Dès l'aube, Nouk descend au réfectoire.

Cent yeux la regardent – et les miens aujourd'hui –, des visages blêmes, des visages ronds, des visages maigres, des bandeaux sur des cheveux raides, des filles avec des nattes, des filles inconnues en robe de chambre en laine des Pyrénées bleue ou rose. Mon Dieu, une odeur très étrange de filles en robe de chambre en laine, une odeur inconnue et terrifiante.

J'entends leurs pensées distinctement. Qui c'est, cette connasse ?

Je m'enfuis, je remonte dans ma chambre, je vide les étagères, voici mon sac.

Ma 4L dorée m'emporte loin de l'École de Fontenay. À jamais.

Je ne m'étonne pas une seconde de recevoir pourtant ma bourse, mon salaire, je suis payée pendant quatre ans à ne rien faire. Bravo !

Nouk devient militante à plein temps, reçoit de son école un salaire de mille cinq cents francs.

Être payée pour la première fois (pour ne rien faire donc, sinon semblant d'étudier et pouvoir mieux militer) l'impressionne.

L'École verse l'argent sur un compte de la BNP, sans rien demander. ENS BNP : ces acronymes signent le passage chez les adultes, diplôme et compte en banque. Ils sont malins, à la BNP, de harponner ainsi de jeunes et naïves fonctionnaires qui, toute leur vie sans doute, placeront là leurs économies.

Nouk ne fait pas d'économies. Cet argent lui permet de se consacrer entièrement à l'écriture de tracts destinés à dessiller les yeux de tas de personnes. Certaines nuits, bien qu'elle ne distingue guère les traits de son visage – ou bien à cause de cela, précisément –, elle tombe amoureuse du garçon qui tourne la manivelle et compte les tracts à côté d'elle. Il est très grand, très maigre, inquiet et silencieux. Ses yeux verts brillent sous la lune. Certaines nuits, il prend sa main dans l'ombre et elle en est bouleversée. Mais rien de plus. Elle songe que leurs cœurs doivent battre au même rythme et elle appelle cela amour.

Il se nomme Berg.

Nouk et Berg impriment des dizaines de rames de papier de toutes les couleurs qu'ils distribuent ensuite à l'aube à la sortie des stations de métro et aux portes des usines. Les mains glacées qu'on serre comme une promesse sont inoubliables.

Ils fument, le jour se lève. La fumée fait des volutes au-dessus de leurs têtes.

Il faut verser son salaire à l'organisation, participer à plusieurs réunions par jour, fumer sans cesse des cigarettes. Nouk croit immensément au pouvoir des mots. Et tous les autres avec elle.

Bientôt elle vit avec ce militant, permanent lui aussi.

Être comme tout le monde est son rêve caché, et la vie en couple est la norme. L'organisation pousse ses jeunes militants et militantes à coucher ensemble au nom de la liberté, de l'hétérosexualité et de Wilhelm Reich. On distribue des diaphragmes aux filles. Dociles, elles apprennent à s'en servir, elles trouvent cela casse-pieds, mais quelle autre, quelle meilleure preuve possible de leur libération ?

Il faut plier l'objet en deux après l'avoir enduit de gelée spermicide. L'amour meurt à cet instant, quand le cercle en plastique, mal tenu entre le pouce et l'index, se déplie dans un bruit caoutchouteux et pénible, projetant la gelée spermicide un peu partout sur le sol de la salle de bains. Hélas.

Nouk ne s'imagine pas vivre avec un autre humain sans payer le loyer, sans se dévouer pour lui. Elle pense : Ma cuiller dorée dépasse de ma bouche. Elle pense : Pas de drame, je suis si folle, je dois faire attention. Attention à tout, attention à ce que rien ne déborde. Il y a, comme un dragon assoupi, cette haine qu'elle a peur de déclencher. Pourquoi ?

Nouk abrite Berg et le nourrit. Il n'a sans doute pas eu la chance de naître avec une petite cuiller dorée dans la bouche, de passer un concours réservé aux héritières dans son genre, ni de pouvoir s'acheter une 4L couleur bronze. En vérité, elle apprend bientôt qu'il est propriétaire d'une Volkswagen rouge. Mystère des humains. Mystère des voitures. Serait-ce un des sujets de ce livre, la voiture, ce bien en voie de disparition qui nous a tant occupés sans que nous le sachions ?

Nouk déteste la Volkswagen rouge, son clinquant et le fait qu'il n'est pas question qu'elle prenne son volant.

– Ah bon ?

– Pas question.

– Pourquoi ?

– Il n'aime pas prêter ses affaires. Sa voiture, c'est sacré. Il est sûr qu'elle l'abîmerait.

– Et elle ne proteste pas ?

– Non. Pour le moment, elle garde la sienne, la 4L de Cendrillon.

Le soir, elle y repense, à sa voiture chérie, garée en bas, sur le quai. Elle attend le retour du garçon en écoutant *Le Pop Club* de José Artur.

– Ah oui, il y avait ce slogan si bien trouvé : *24 heures*

sur 24, la vie serait bien dure si l'on n'avait pas Le Pop Club *avec José Artur.*

– Tu as une bonne mémoire. Chaque soir, donc, en écoutant le générique de Claude Bolling, elle prépare du thon en boîte avec des pommes de terre Lunor précuites, trop salées, caoutchouteuses – encore – et molles. Elle étale les ingrédients dans un plat en pyrex, elle enfourne la mixture après l'avoir nappée de sauce tomate et généreusement saupoudrée de fromage râpé.

Les cafards qui la regardent rigolent bien en décollant leurs pattes du papier peint graisseux de la cuisine, un papier peint couleur jaune à rayures et motifs orange.

Le garçon revient de ses expéditions vers minuit.

Le matin, ils se lèvent tard en général.

Comme tant d'autres, convaincus de jouer une partie décisive avec l'histoire de leur temps, Nouk consacre ses journées à défendre le peuple chilien contre les attaques fascistes, bataille perdue ô combien.

Augusto Pinochet prend le pouvoir le 11 septembre 1973. Les camionneurs et les tanks ont gagné. Dans son palais de la Moneda, le président Salvador Allende se suicide d'une rafale de mitraillette dans la tête. Le palais est pillé et saccagé par les militaires. La violence se déchaîne. Je n'arrive pas à y croire. Des milliers de révolutionnaires et de démocrates chiliens sont assassinés et des milliers d'hommes et de femmes, torturés. Le stade de Santiago se remplit de corps maltraités. Les putschistes y déversent leurs victimes humiliées, insultées, tabassées. On viole, on torture, on terrorise à tout-va.

Nous avions si souvent crié *plus jamais ça.*

Nous l'avions promis à nos ancêtres assassinés.

Juré de faire de nos corps un rempart au fascisme.

Nous nous réunissons sans cesse, nous manifestons sans cesse, et nous créons des dizaines de comités de soutien au peuple chilien. *Venceremos.*

Nouk roule dans sa 4L dorée, pleine à ras bord de tracts et d'affiches vainement solidaires du peuple chilien. *El pueblo unido.* Elle pense comme tout le monde à la guerre d'Espagne, *Andaluces de Jaén.*

Jamais elle ne repense à cette École remplie de filles en robe de chambre. Un autre monde.

Le temps passe. Une lettre officielle arrive, envoyée du Réel. L'administration exige que toute élève de l'École passe le concours de l'agrégation.

Vous aviez oublié ? Pas eux.

Le Réel n'oublie rien.

Dès lors, non sans souplesse, avec tact, Nouk réorganise sa vie.

L'École de Fontenay se trouve au bout du RER.

Le prendre désormais tous les matins ou presque, suivre les cours. Franz Kafka me parle à l'oreille. Il est mort l'année où ma mère naissait, je vois dans ce hasard comme une chaîne secrète. Il me dit : Il n'est pas nécessaire que tu sortes de ta maison. (Je sors quand même.) Reste à ta table et tends l'oreille. (Je tente de le faire, je n'entends rien pour le moment.) Tu n'as même pas besoin de tendre l'oreille, attends jusqu'à en avoir le souffle coupé. Reste là, dans ce silence et cette solitude parfaite. Alors le monde s'offrira à toi pour que tu le démasques.

J'aime réciter les longs monologues brûlants de Jean Racine.

J'aime réciter les poèmes glacés de Stéphane Mallarmé et prononcer non sans fatuité des phrases lourdes de sens caché : *Savoir qu'on n'écrit pas pour l'autre, savoir que ces choses que je vais écrire ne me feront jamais aimer de qui j'aime, savoir que l'écriture ne compense rien, ne sublime rien, qu'elle est précisément là où tu n'es pas – c'est le commencement de l'écriture.*

Et toc. Roland Barthes est notre dieu caché, avec son pote Lucien Goldmann, dont je me demande s'il n'est pas un peu trotskiste, mais qui s'en soucie ?

À l'École, cette fois-ci, je reconnais les visages, fatigués dès le mois d'octobre, nuits blanches imprimées sur les paupières maquillées de khôl, plis d'inquiétude au coin des lèvres. Premières rides.

On dit que certains livres disparaissent de la bibliothèque, pour empêcher des rivales de les lire. Des pages de l'*Éthique* sont arrachées. Je plains ces livres aux pages déchiquetées. Toute la journée, je prends des notes.

– Et le soir, tu fais quoi ? Tu vas à des réunions encore ?

– Oui, mais les temps ont changé. C'est le temps des réunions de femmes. Le temps des combats pour l'avortement libre et gratuit. Le temps de la lutte contre le viol. Viol de nuit, terre des hommes.

– Alors, le soir, Nouk se rend discrètement, non sans timidité, à des réunions féministes, au lieu de réviser ses poèmes ?

– Oui, et elle rédige des tracts qui disent *notre corps nous appartient.*

– Permets-moi de sourire. Elle se rend donc dans une tour de la faculté de Jussieu où se tient le comité de soutien au peuple chilien ?

Oui. Ampoules qui pendent de plafonds aux coffrages démolis. Chaises précaires. Je vais à mes réunions, mes réunions, mes réunions. Pompidou meurt. Je prends des notes. Giscard est élu. Je prends des notes, assise sur un radiateur éteint. Je lis, je lis, je lis le tendre Antonio Gramsci. Je prends des notes. L'indifférence est le pire des crimes. J'étudie. je travaille probablement cent fois moins que les autres. Mais comment comparer ma vie et celles des autres. Celles que je vois par la fenêtre ouverte ne sont que destins imaginés.

Ce qui est sûr : je sais désormais prendre des notes (du moins on peut l'espérer).

En mai, le concours de l'agrégation. Vingt-deux ans. On m'agrège. J'attends. Mais quoi ? Que la vie commence !

Chapitre 2

Deux pas en arrière, un pas en avant. Tu as fait beaucoup de mal

J'avais cru avoir appris de force à dire oui, durant les mois d'un internement où je simulais l'obéissance jusqu'à l'éprouver, pour être libre comme Socrate. C'était un vernis qui ne trompait que moi. Tout en moi disait non. Plus jamais. Plus jamais. Il suffit de dissimuler ses sentiments de colère et de terreur. Ou mieux encore de n'en plus ressentir aucun. Un tas de gens y parviennent. Comment faire ?

J'étais habitée par un désir secret de liberté et de solitude qui ne pouvait se réaliser, car je n'étais jamais seule et toujours prisonnière d'une parole ensorcelée : *Tu as fait beaucoup de mal.*

Je cherchais encore quel était ce mal que j'aurais fait avec mes mots empoisonnés.

Les faits : un jour j'ai eu le droit de sortir dans le parc de la clinique.

– Tu as été enfermée longtemps ?

– Assez pour être un peu cassée. Écoute-les : Stop, silence ! Allez-y, sortez, descendez dans le parc, puisqu'on vous dit que vous y êtes autorisée. On viendra vous chercher.

C'est l'été, la pelouse est verte et les arbres immenses. Sur un banc est assise une jeune fille inconnue. Je m'assois timidement à côté d'elle. Nous ne parlons pas. Je me rappelle les paroles de mon père quand il avait décidé de rétablir l'ordre et la loi chez ses trois filles : *Que chacun rentre chez soi, et je ne veux plus vous entendre*. Empêcher les personnes rebelles de comploter entre elles, c'est la base de tout pouvoir. J'ai tenté de féminiser cette phrase, cela ne fonctionne pas. *Que chacune rentre chez elle* est le féminin de *Que chacun rentre chez soi.*

– C'est drôle.

– Si on veut. Un jour donc, j'ai eu le droit de sortir dans le parc.

Cela fait si longtemps que je n'ai parlé à quiconque. Les infirmières me craignent. Elles soupçonnent chez moi des intentions manipulatrices et mauvaises. Ce fil de fer veut nous embobiner, chuchotent-elles (mais je les entends, car je tends l'oreille dans le silence épais de la chambre, n'ayant en vérité rien d'autre à faire que de tenter d'espionner mes geôlières). Il faut la rabrouer sévèrement.

– Il faut la rabrouer. Drôle de mot.

Elles sortent en faisant claquer fort les semelles de leurs

sabots, quand je quémande un peu de gentillesse. Une sorcière. Une sale petite sorcière, avec ses airs.

Je décris cette souffrance à mon amie du banc. Je désire savoir si elle a éprouvé les mêmes sentiments que moi, d'injustice et de résignation. Je veux savoir pourquoi elle est là. De quelle chrysalide elle doit s'émanciper. Je veux que nous soyons amies.

On nous sépare assez brutalement.

Une heure plus tard, je suis convoquée. Le médecin en chef dit la phrase que jamais je n'ai oubliée : Tu lui as fait beaucoup de mal. Croyant lui faire du bien, tu lui as fait du mal. Tu as détruit en une minute le travail de plusieurs personnes, le travail acharné de plusieurs personnes pendant de longs mois. (Je répète la phrase, ici, comme on gratte une blessure mal cicatrisée : *Tu lui as fait beaucoup de mal.*) Quand tu t'approches des gens tu les mets en danger. Tu es un danger.

Être un danger. Et ne pas le savoir.

– Tu es méchante.

Ils me poussent de nouveau dans une chambre blanche.

Après deux ou trois mois, j'ai été libérée. Transformée par ma réclusion, je découvre la beauté d'une sauterelle sur un brin d'herbe, la valeur d'un souffle de vent, le chant du merle. Je tangue, victime des vertiges que suscite l'espace quand on en a perdu l'habitude. J'écoute des voix humaines.

Je regarde des personnes sans sabots. Je marche. Je me remplis de nourriture que je vomis dans les sous-sols ignobles des cafés. Je me remplis d'eau sans hésiter une seconde, trois litres avant la pesée hebdomadaire, pour éviter le retour en prison.

Je ne ressens plus rien, n'ai aucun souvenir d'aucun visage, d'aucun nom ou presque. Et ce jusqu'à aujourd'hui.

Cette absolue solitude ne me pèse pas, ou bien si.

Elle m'étouffe et me tue, mais je ne le sais pas.

C'est mon nouveau moi. Patient.

J'ai compris le principe salvateur de l'individu en butte à un régime totalitaire, quel qu'il soit. Pour survivre, il ne faut ni obéir ni désobéir, il faut ruser. Contourner. Mais à quel prix.

Pourquoi cette parcimonie de ta vie, as-tu peur qu'elle te soit trop grande ? dit la voix. Sois réaliste, tu n'en as pas de rechange et de toute manière elle te déborde. Fonce.

J'applique le précepte.

Un jour d'avril 1968, je croise une manifestation d'étudiants, leurs banderoles faseyent comme des voiles dans le vent. FLN vaincra, Ho Ho Ho Chi-Minh ! La joie emplit mon cœur. Ô marcher avec d'autres, enivrée par le sentiment qu'il fait tout le temps beau et chaud.

Donner la main à son voisin, à sa voisine. À des inconnus.

J'ai l'impression, me dis-je, que l'on ne m'a jamais touchée avec douceur auparavant. Le monde s'illumine quand quelqu'un passe son bras autour de mon épaule.

Le chemin qui mène à l'autre est très long pour moi, qui a dit cela ?

Un monde en couleurs, soudain, remplace le monde gris qui m'asphyxiait. L'énergie se remet à circuler. J'avais les mains et les pieds si froids.

Quelques jours plus tard, nous occupons le lycée, créons un poste de la Croix-Rouge pour porter secours aux blessés. Assemblées générales, prises de parole, nous rêvons d'une autre école, nous imaginons d'autres gestes. Comment transmettre le savoir, les connaissances ? La passion des mots et des livres ne me quittera plus jamais, j'en suis sûre. Elle sourd à cet instant : contre la mort, contre le savoir mort, le savoir académique. La vie ne passe plus par les livres d'école que j'ai tant aimés.

Le savoir académique est un amas de détritus, comme le sont les mots et les idées hors d'usage, disait Franz Kafka, et il avait raison. Ça étouffe.

Ce printemps-là, j'ai lu les livres de deux de ses amis : Piotr Kropotkine et Mikhaïl Bakounine. Dans la cour du lycée ensoleillée nous jouions de la guitare. Nous chantions des chants révolutionnaires italiens et des airs de Johnny Cash.

Je pensais à la chaleur que tisse la parole, je découvrais ce rêve qu'on appelle *nous.*

Car un *nous* avait surgi. Provisoire et factice. Hérissé, dangereux.

Chapitre 2 bis

– Ce chapitre 2 est peut-être trop long ?

– Oui, range tout ça, tu nous fatigues. Où veux-tu en venir ? Qu'attends-tu ? Ces vieux souvenirs nous ennuient. On veut des actes. Pas de la subjectivité, on te l'a dit mille fois.

– Des actes de papier, alors ?

– Oui, pourquoi ?

Chapitre 3

Quand resurgit le garçon aux yeux verts

– Et le garçon aux yeux verts ? Il a disparu ?

– Non, pas du tout. Il est là. La tête dans les mains, il songe à son court passé héroïque, il regrette les rêveries au bord du fleuve à l'aube, les voyages dans sa voiture rouge, la plage du lièvre qui fume, la ronéo, la révolution qui s'enfuit. Sa mélancolie fait un nuage autour de sa silhouette, il parle peu. Il n'aime pas les réunions de femmes, mais il n'en dit rien. Il passe des heures assis sur le radiateur gris, il fume des gitanes.

– Il ne l'aime plus ?

– Peut-être ne l'a-t-il jamais aimée. Peut-être. Comment savoir ? Voici ce qui s'est passé : ils vivaient tous les deux dans une bergerie en pierres sèches, sans eau courante, sans électricité, elle à écrire, lui à rêver. C'était bien. C'était l'été. Cigales, tomates en terrasse, odeurs de prunes, vols de moustiques. Le soir, la lampe à pétrole se balançait au vent. Il y avait, inoubliables, les odeurs d'eucalyptus. Et Consuelo les a rejoints. Elle travaillait avec Nouk.

– Consuelo ?

– Une camarade chilienne.

– Une rescapée du coup d'État ?

– Oui. Ce soir-là, Nouk les a vus. Il caressait les cheveux lisses et doux de Consuelo. Il avait passé une veste sur ses épaules nues, car elle frissonnait dans la nuit. Tous les deux regardaient la mer, au loin.

– Et alors ?

– Je ne sais pas, c'était limpide. Ils s'aimaient. Le mot prenait enfin un sens. Nouk était enceinte, Berg l'abandonnait. OK.

– Elle n'a rien dit ?

– Chacun est libre, non ? Qu'aurait-elle dit ? Elle est partie pleurer comme une idiote dans la garrigue. Elle s'est mise, bizarrement, à cracher un peu de sang. Et puis voilà.

– Et elle est restée ?

– Oui, elle est restée, mais, par un mécanisme étrange, c'est elle qui est devenue la prisonnière. Plus elle luttait pour les droits et la liberté des femmes, plus le filet qui l'étranglait déjà se resserrait. Parce qu'il l'avait abandonnée, Berg avait peur désormais de la perdre.

Chapitre 4

Histoire d'une boîte à chaussures

La pluie. Où est passé cet éternel printemps dont nous parlions ?

La rue est noire comme le ciel. Des épluchures jonchent le macadam. La rue, avant, était moins brutale, je crois. Je tente de me protéger de l'averse, je m'abrite sous l'auvent du poissonnier mais son regard me fait déguerpir.

Exclue. Et les yeux déjà baissés.

Je mets le pied dans une large flaque, sombre comme le ciel.

– Reprends les faits un par un, please ! C'est confus, ton histoire.

– D'accord. La flaque est terriblement gluante, je cours pour échapper à des aboiements fantômes qui me font trébucher.

– Ça y est, je te vois : le dos voûté, la tête enfoncée dans les épaules, les cheveux collés, tu as vraiment l'air d'un petit personnage sorti imprudemment d'un film de Pabst ou d'Asta Nielsen.

– Merci ! Oui.

Je me cogne la jambe contre un plot de béton, mon mollet saigne, je ne sens rien. Je pense à ma boîte. Je la tiens serrée contre mon ventre. C'est une boîte à chaussures de la marque Éram sur laquelle quelqu'un a écrit au marqueur noir, en grosses lettres, mon prénom. Comme une plaque sur une petite sépulture.

Ma vie tient là-dedans, me dis-je. Et cela ressemble à une prise de conscience. Tant de jours, tant d'heures, tant de minutes et tant de peurs, tant de sacrifices et tant d'espoirs, tant de méchancetés, tant de violences invisibles, tant d'inquiétudes dérisoires, tant de projets comme autant de vies rêvées. Toute ma vie dans une boîte en carton détrempée. Je suis celle qui trouble la vie de bureau par ses manigances.

La traîtresse. La salope. Ce n'est pas ce que je voulais.

Comme dans une prière, je tente de conjurer la douleur de mon mollet et l'angoisse de mon cœur. Je récite mon psaume personnel, où réside le sens de toutes choses : observe perpétuellement, observe l'inquiétude, la déconvenue, la bêtise, tes propres abattements. Observe. Tout existe pour être raconté. Tu es humaine. Tu es humaine. Tu es humaine.

Sous la pluie drue, surgit, tremblée, brumeuse, la séance terrible qui a abouti à ma répudiation, mon excommunication, appelons la chose comme on voudra.

Tu es chassée du paradis, les mots de Morel résonnent encore. Ils ont l'allure d'un dégueulis dans un dessin animé, ils sortent de sa bouche crispée et méprisante, comme un petit v à l'envers. Tu es chassée et tu sais très bien pourquoi. Alors, tu prends tes affaires et tu fous le camp.

Mes affaires, une boîte à chaussures contenant un stylo, une montre ancienne cassée, une soucoupe en céramique bleu et noir contenant des trombones et une bague verte, quelques lettres non ouvertes, un petit hérisson en plomb, des photos, des carnets remplis de notes et deux livres. Un très gros. Et un petit.

Tu fous le camp. Il a dit cela. C'est la fin du mois de février. Le bois de Vincennes est blanc. Le lac : blanc. Les pelouses vierges de toute trace. Les troncs noirs griffent le ciel blanc. Hiver.

Au milieu de cette blancheur terrible se dresse un pavillon chinois. Le lieu du séminaire. Une grande table ovale, une cinquantaine de tabourets marron, presque tous occupés.

Rien d'autre.

Au bout de la table, une seule vraie chaise avec un coussin rouge : celle d'Olaf, notre chef. Olaf. Un génie, selon beaucoup de témoins. Un homme à l'imagination magnifique, à l'énergie dantesque.

Ce n'est pas mon premier séminaire mais je suis plus intimidée qu'à la veille d'un spectacle scolaire de fin d'année.

On allume les plafonniers, le ciel est sans lumière aucune.

Aux côtés du chef, ses deux lieutenants, Pierre-Michel et Jacques-Alain, prennent place. Tout autour, les filles. Et les deux maquettistes qui, en tant que prolétaires, n'ont pas un statut d'homme à part entière.

Le discours commence à dix heures précises. Bilan et perspectives, compliments bien sentis aux lieutenants, en vérité des esclaves.

– Mes bras, vous êtes mes bras, scande Olaf de sa voix forte. Mes deux bras droits.

Et tout le monde rit d'une blague si fine.

– Et vous, les filles, mes Indiens. Mes précieux Indiens.

Les Indiens rougissent du compliment. Mes précieuses Indiennes, ce serait bizarre, mais plus proche de la vérité.

Je regarde Annick ma voisine, ses joues rosies par l'émotion. Son regard qui ne quitte pas le visage carré d'Olaf.

Je regarde mon autre voisine, Li, mâchoire serrée, oreilles rouges. Ses minuscules yeux verts ne quittent pas les mains d'Olaf, ses étonnantes petites mains agitées.

Je regarde les trois Sylvie, leurs queues-de-cheval immobiles, vibrant à peine dans l'air froid, leurs sourcils froncés. Les trois Sylvie, qu'on nomme avec cet humour de groupe si reconnaissable : S1, S2 et S3.

Je le regarde furtivement tant je le crains : Morel, le commissaire du peuple, le lieutenant aux yeux de biche, plus grand, le regard plus sombre, au garde-à-vous. Il tourne les feuilles crissantes du PowerPoint. Je suis hypnotisée par ses immenses mains et son regard désespéré. Nous, ceux de l'Équipée, nous absorbons dans les chiffres et les croquis, nous berçons des belles phrases en forme de slogan.

– Nous allons manger le monde, martèle Olaf, nous allons révolutionner les images, et rien ne sera plus comme avant. Nous partons à cinq cents, nous serons bientôt mille, la vague du changement, c'est maintenant.

Je n'arrive pas à écouter. Je déteste cette atmosphère fanatique. Mon esprit vagabonde. Manger le monde, quelle drôle d'idée. Je repense à mon embauche, trois ans auparavant.

– Tu ne peux pas raconter dans l'ordre ?

– Les choses finissent toujours par ressembler à la manière dont elles ont commencé. Alors, oui, je reprends du début.

Chapitre 5

Oui, au chômage, encore une fois !

Nouk est au chômage quand elle rencontre Olaf.

– Encore une fois ?

– Oui, au chômage, encore une fois !

Libre et désoccupée.

Il faut que tu voies des gens, lui disent ses amis. Si tu crois qu'on va venir te chercher, tu te trompes, personne ne vient jamais chercher personne.

Cette phrase est horrible : personne ne vient jamais chercher personne. Cette phrase est immonde.

Comme elle le faisait autrefois, Nouk marche au hasard des rues, les mains dans les poches. Libre et désoccupée. Enceinte aussi. Elle affectionne la rue Chanoinesse et la rue des Blancs-Manteaux, elle erre dans l'île de la Cité, elle longe le fleuve Seine, elle marche sur les quais aux pavés humides et désunis, elle regarde vers l'est.

Un jour de novembre, sans savoir quel rôle cette décision va avoir dans sa petite vie endormie, elle prend le train pour Nice où vit son beau-frère – le frère aîné de Berg –, au milieu d'une immense bibliothèque en bois de cèdre. La tour penchée, c'est ainsi qu'il nomme cet endroit.

– Pourquoi la tour penchée ?

– Cela signale notre état d'incertitude, de transition. Plus de tour d'ivoire pour les écrivains, les mains dans le cambouis du Réel.

Elle dort dans le lit minuscule d'une ancienne chambre d'enfant remplie de peluches et de morceaux de Lego défoncés. Le matin elle range un peu. La poussière, elle la pousse sous le petit tapis, un kilim, elle lit quelques pages, puis elle part à la plage.

– L'eau de la Méditerranée n'est pas encore froide en ce jour de novembre ?

– Non, pas du tout. Souviens-toi qu'elle attend un bébé.

Elle nage longtemps. En sortant de l'eau, elle est abordée par un type qui lui dit simplement : Une personne qui se baigne par ce temps mérite de travailler à mes côtés.

Il dit : Je m'appelle Olaf. Soyez sûre qu'on sera amenés à se revoir.

Il ne fait aucune remarque sur son ventre énorme de presque jeune mère.

– Il est gonflé, dis donc, cet Olaf.

– Oui. J'ai été impressionnée. Je ne savais pas du tout ce qu'étaient « ses côtés », mais c'était gentil. Et j'ai dit oui, très bien, sûrement. Le mot mérite me plaisait probablement. Après cette déclaration, il a disparu. Plus personne sur cette longue plage déserte où courait encore, il y a un instant, l'ombre des nuages.

– Tu te renseignes sur lui ?

– Oui. J'apprends qu'Olaf est un type d'une énergie peu commune. Un autodidacte, on dit cela à l'époque avec admiration. Sa mère est morte. C'était une fille de ferme, oui, on dit ainsi, quelle expression étrange. Une fille mère, une fille-de-ferme-mère. Et morte.

Longtemps, il a fait tous les métiers, typographe, soldat, vendeur de n'importe quoi. Et c'est tout à fait ce qu'il était quand je l'ai rencontré, un peu militaire, assez typographe, grand vendeur de n'importe quoi à n'importe qui. Une grenade dégoupillée de rage, d'ambition et de folie. Et breton, avant toute chose. Il s'occupait de livres de mer, de plantations de fleurs et de plantes maritimes. Puis il a lancé l'Équipée. Toutes pour un, un pour toutes. Des livres de mer et de marins.

Ça peut m'aller, se dit Nouk, caressant son gros ventre. La mer et les marins d'abord !

Mais encore faut-il qu'il l'appelle.

Parce que franchement, cela ressemble à un rêve, cette conversation d'après-bain.

Chapitre 6

Le printemps refleurira (peut-être)

L'hiver passe sans nouvelles d'Olaf.

Le bébé en profite pour naître, et le printemps pour fleurir : lilas, giroflées, églantines, hortensias grimpants, zinnias, roses sauvages, agapanthes, jacinthes, tulipes blanches et tulipes perroquets, tulipes frangées, marguerites, muguet, pivoines. Le bébé doit apprendre les noms des fleurs.

Puis, par un beau jour de juin, Olaf se manifeste, tout content de lui.

– Vous êtes épatée que j'aie trouvé votre numéro de téléphone, j'espère ? Comment ça va, le bébé ?

Je suis épatée, flattée, car il m'en faut peu, mais je nie avec dignité. Je dis : Le bébé va bien. Elle apprend les noms des fleurs. Elle s'appelle Iris. En hommage à une poète, je précise en baissant les yeux. Une poète que tout le monde devrait lire et qui se nomme Louise Glück. Son nom signifie en français bonheur et chance.

– Je me suis renseigné, fanfaronne-t-il. Vous avez une bonne réputation. Voilà ce qu'on dit de vous : ne peut s'empêcher de citer des écrivaines inconnues, mais a une bonne renommée. Voiture dorée vaut mieux que bonne renommée, mais quand même, cela importe, la renommée.

J'ai une voiture dorée, je tais cette étrange vérité.

– Bosseuse. Très bosseuse, poursuit-il. Un esprit original. L'Équipée a besoin de gens comme vous. Je reconnais à cent mètres les gens qui aiment sortir des sentiers battus, se griffer les mollets aux ronces des chemins creux. Qui aiment inventer, sentir les tendances et inventer. Mais vous serez mignonne de ne plus me mentir. Aucun bébé de six mois ne sait les noms des fleurs.

Je songe : Vérité-mensonge, mon bébé sait les noms des fleurs. Je me souviens des nuits à la ronéo, des tracts aux aurores. Des yeux verts pailletés d'or de Berg, ces yeux si souvent remplis de larmes. Se battre pour la vérité, c'est essentiel. Se battre pour la poésie, c'est essentiel. C'est ce que nous faisions, du moins le croyions-nous.

– Mais de quelle vérité parlez-vous ?

– Vous savez naviguer ?

– Bien sûr, dis-je.

Et je continue à cacher l'existence d'une voiture dorée.

Devant mes yeux de menteuse, le hangar où j'ai appris à naviguer. Je regardais le plus souvent le plafond, les murs en béton recouverts de lichens. Les cordages qui écorchent les phalanges, les voiles mouillées qui battent comme des ailes de chauve-souris ; des images furtives, des dessins maladroits de flèches indiquent le sens du vent. Devant mes yeux, les paquets de mer, les dessalages, les bouées rouges, les gilets de sauvetage jamais secs. Jamais. Oui, bien sûr. Un vrai matelot. Matelote ?

– Cyniquement, dans un rapide calcul, je me suis dit que les chances d'être contrôlée sur mes aptitudes de marin dans un bureau étaient négligeables.

– À vaincre sans effort, on triomphe sans gloire.

– Peut-être. Comme je le disais : les choses finissent toujours par ressembler à la manière dont elles ont commencé. Mensonge, vanité, confiance mal placée aussi. Une banale mixture.

Je suis donc embauchée à la fin de ce mois de juin.

Enfin presque.

Olaf me donne un numéro de téléphone.

– Tu appelles Morel et tu le vois. Morel s'occupe de tout. C'est mon double. Mon bras et ma tête.

Je ne le sais pas encore, mais Olaf adore considérer les gens comme des morceaux de son corps. C'est même sa seule façon de les considérer. Un jour il me dira : Tu es mes yeux. Mes oreilles. Mon nez.

Pour le moment, j'imagine Morel comme une sorte de Shiva avec la tête d'Olaf et ses petites mains potelées.

Shiva, ce n'est pas du tout le genre de Morel.

Je vois Morel. Il est très beau.

Il me fixe rendez-vous – c'est un soir tiède, délicieux – dans le bar d'un grand hôtel. J'y vais en tremblant. Pas tant à cause de lui que de l'hôtel. Les immensités à traverser. Le sol de marbre. Les tables en bakélite. Les fauteuils dont on ne parvient plus à se relever.

Il m'attend, flegmatique, en compagnie de Jacques-Alain Potain. Les deux bras droits ont chacun un whisky à la main.

– Tu bois quoi ?

– Un jus d'ananas.

Ils rient. Pas très gentiment. Puis ils se mettent à parler, l'un après l'autre, en me regardant bien dans les yeux. Je me sens rétrécir de minute en minute.

– C'est pas pour toi, ce job, dit Morel.

– Pas pour toi du tout, du tout, du tout, répète Potain.

Le gentil le dit gentiment et Morel le dit méchamment.

– Olaf adore embaucher des petites meufs comme toi, disent-ils en chœur. Il vous appelle ses petits culs. On est habitués. Nous, on est ses bras, ses jambes, tu me suis ?

Mon cœur se serre. Une peine immense m'envahit.

– Tu es loin d'être la première, tu t'en doutes. Rassure-toi : tu ne tiendras pas le coup. Tu es trop bourgeoise. Trop chichi. Avec un bébé en plus. T'en fais quoi ? Il va à la crèche ?

Je dis : C'est une fille. Une géniale petite fille.

Je dis : Elle adore la crèche.

Je ne dis pas son nom.

Je proteste quand même, d'une manière improbable :

– Moi ? Une petite meuf ?

– Ça se voit tout de suite.

– Je ne vois pas du tout ce qui se voit.

– De toute façon, ce qu'il veut, c'est te mettre dans son lit, dit Morel sentencieux. Ça se voit tout de suite.

– Et puis avec les horaires, ajoute Potain, ça m'étonnerait que tu tiennes le coup, je parierais même que non. Surtout à coups de jus d'ananas. Avec une môme en plus. Ça se voit tout de suite que tu es du style mère poule.

Ça ne se voit pas tout de suite, mais ils sont renseignés. Ils édifient une montagne d'objections. Un dépotoir d'arguments. Ils me bombardent de boules puantes.

– Faut être là le matin à huit heures. Et on ne rentre pas à la maison avant vingt-trois heures. On ne vit pas. Tu saisis. On n'a pas de vie. On vit ensemble.

– Et nous, on n'a pas envie de vivre avec toi, lance Morel. Tu vois le truc. C'est pour ça qu'on te prévient. Les Indiennes disent qu'elles ne peuvent pas te sentir. Ton genre de petite pute.

Je n'ose pas dire : Mais elles ne me connaissent même pas. Je crains une riposte trop violente.

Petite pute, ça me fend le cœur, ces trois syllabes. Ce mot terrible : pute. Sale pute. Grosse pute. Fille de pute.

– On ne dit pas fille de pute, on dit fils de pute, assène Morel qui lit dans mes pensées. Pour fille de pute, on dit juste : pute.

Je ramasse mes affaires. Décidée à ne pas me laisser intimider. Décidée à me faire accepter, adopter, aimer peut-être, par l'Équipée, les Indiennes, les bras droits, tous.

Quelques jours après, je signe. On me donne un bureau sans fenêtres et traversé d'odeurs à cause des toilettes juste à côté.

C'est ainsi que démarre ma vie dans le harem d'Olaf.

Les coups de fil, les réunions, les coups de fil, les réunions. Apprendre le code typographique. Corriger d'innombrables textes, jusqu'à en perdre l'orthographe. Recevoir des ordres contradictoires sans moufter.

J'ai un cahier grand format (à spirale pour pouvoir arracher les pages inutiles ou gribouillées). Je note les choses à faire, je les barre quand elles sont faites. C'est l'essence de ma vie. La date en haut à droite. Des tirets pour chaque tâche à accomplir. Je m'oblige à ne pas barrer la consigne avant de l'avoir accomplie. Regarder les pages régulièrement raturées à la fin de la journée est le plus vif plaisir de ma nouvelle vie. Avec l'application du code typographique qui me procure des joies inédites.

Puis les tracasseries commencent.

Quelqu'un arrache une page de mon cahier.

Quelqu'un dessine une petite vache à lunettes sur une autre page.

Je ne trouve plus mon stylo préféré. Finalement, il gît en trois morceaux dans la corbeille à papier.

– La vie de bureau ça s'apprend, dit mon père auprès de qui je profère quelques jérémiades. Ça s'apprend comme tout, tu vas très bien t'y faire. Les brimades, cela n'a qu'un temps.

– J'en ai vu d'autres, dit ma mère.

Olaf passe me voir tous les jours, comme on arrose les plantes. Il me prend le menton, mes yeux se remplissent automatiquement de larmes. Il caresse ses cheveux de hérisson. Il est embêté.

– T'inquiète pas, c'est du bizutage, les Indiennes sont jalouses de toi. Ça ne va pas durer. Tu n'es ni la première, ni la dernière – et il me donne une petite tape sur la tête. C'est tes diplômes qui les exaspèrent. Moi j'adore ça, les filles avec des diplômes. Des diplômes et des longues jambes.

Ça le fait rire. Il me masse les épaules.

Je me secoue et je le regarde de travers. Il rit plus encore.

D'autres affaires disparaissent. Mes lunettes perdent mystérieusement leurs verres. Je ne suis jamais au courant de rien. Des réunions ont lieu. Je l'apprends après. Mon fauteuil de bureau est lacéré un jour, couvert de sang le lendemain. T'as tes règles ? demande innocemment une Indienne croisée dans le couloir et qui croit me voir pleurer.

– La vie de harem, dit Olaf en rigolant. Vous les filles, vous vous détestez, c'est comme ça. Vous adorez vous détester. Vous adorez vous mépriser. Vous ne pensez qu'à vous entretuer, on peut pas vous laisser trois minutes ensemble.

Vous vous arrachez les yeux, vous vous crêpez le chignon. La sororité, c'est pas gagné. Le type qui a inventé ce mot idiot, il connaît pas la vraie vie, celle où tu as atterri.

Dès qu'il me laisse tranquille, j'ouvre mon livre fétiche, celui qui se trouve désormais dans la boîte à chaussures. Je l'ouvre à n'importe quelle page. Et je copie des lignes et des pages pour apaiser ma pauvre âme écorchée.

Mets sur le papier cette seconde vie qui inlassablement se déroule derrière la vie officielle, mélange ce qui fait rire et ce qui fait pleurer. Invente de nouvelles formes, plus légères, plus durables.

Je sais grâce à mes lectures la manière dont un harem se constitue, harem sans le nom, bien sûr. Harem anthropologique.

Harem : groupe de femmes mises en rivalité par un coq unique, chef de la basse-cour. Groupe de femmes amoureuses de leur coq unique. Groupe de femmes amoureuses de leur coq unique et qui ne l'avoueraient pour rien au monde. Groupe de femmes amoureuses de leur coq unique, se partageant secrètement ou non ses faveurs, mais qui ne l'avoueraient jamais, non, pour tout l'or du monde.

Petites meufs.

Les anciennes et les nouvelles, les grandes et les petites, les belles et les laborieuses qui se moquent des belles, les douces et les brutales qui méprisent les douces, la favorite qui est la favorite pour un temps et bientôt ne le sera plus, et tout le monde le sait, sauf elle. Il y a aussi la femme-bébé. Et la chouchoute, qui n'est pas tout à fait le même personnage que la favorite, j'y vois un emploi plus stable. Ce ne sont que des rôles.

– Je sais tout cela, nous le savons toutes, non ?

– Je crois être plus forte et plus maligne. Comme nous le croyons toutes, je suppose. Quel aveuglement ! Mais je ne peux rien y faire, et certainement pas résister quand, en réunion, Olaf dit d'un ton protecteur : Nouk, tu t'assois à côté de moi.

Je sens évidemment peser sur moi les regards méprisants, Mais je suis devenue une personne inconnue à qui cela est indifférent, cette hostilité. Une personne pour qui seuls comptent les regards d'Olaf, les appels d'Olaf, les dîners avec Olaf. Les voyages en train-couchettes avec Olaf. Les très rares, trop rares débuts de nuit avec Olaf.

Chapitre 7

Mais c'est déjà l'hiver et on dirait que les choses ont mal tourné

La neige se remet à tomber autour du pavillon chinois.

Olaf parle depuis plus de trois heures. Ses mots, comme des flocons, se déposent peu à peu et composent un tapis blanc, ils transforment le paysage, l'aplatissent, l'estompent, le font disparaître et figent quelque chose d'innommable dans mon cœur.

Un petit mot plié en huit arrive sur ma table.

Olaf va te demander quelque chose. Tu diras oui. Je t'en supplie.

Ce n'est pas signé. Je ne reconnais pas l'écriture du message.

Olaf parle toujours. Les flocons tombent droit. Morel tourne les pages.

Marion qui m'a remplacée depuis quelque temps à la droite du chef me regarde en souriant, les yeux plissés. Marion, la nouvelle favorite depuis l'automne, est une fille drôle, avec une bouille ronde, de longues jambes, un fort accent de banlieue ouest et aucun scrupule.

Soudain j'entends mon nom. Olaf conclut. Solennel. Emphatique. Vulgaire (oui c'est possible).

Sa conclusion dit ceci :

NOUK A COMMIS PLUSIEURS FAUTES GRAVES.

SA LOYAUTÉ ENVERS L'ÉQUIPÉE EST EN JEU.

Olaf parle en lettres capitales.

LA LOYAUTÉ DE L'ÉQUIPÉE ENVERS SES MEMBRES EST ENGAGÉE.

Un frisson passe.

– Je ne te demande qu'une chose : démissionne sans poser de questions, démissionne sans faire d'histoires. Sinon. Sinon, je ne peux garantir ce qui va t'arriver.

Je m'entends prononcer des syllabes que je n'ai pas décidé de dire.

– Je ne démissionnerai jamais.

L'air s'électrise.

Mon estomac se transforme en pierre. Pas en pierre vive, en pierre normale, peut-être plus lourde que d'autres.

Tous les yeux sont braqués sur moi. Une Indienne fredonne l'air de *M le Maudit*. Une autre fait une sorte de sifflement de cocotte-minute.

– Très bien, dit Olaf d'une voix dure. Alors, je te demande de te lever et de répondre à nos questions.

Je me lève, très pâle.

La liste de mes crimes s'égrène. Énoncée à tour de rôle par mes camarades.

J'ai fait perdre de l'argent, énormément d'argent, à l'Équipée.

J'ai été mauvaise camarade.

J'ai égaré des dossiers.

J'ai publié des livres coûteux et sans intérêt sauf pour moi, à des fins de publicité personnelle.

On a trouvé des courriers suspects, érotiques probablement, dans ma boîte aux lettres.

J'ai surestimé mes capacités.

J'ai, dans le même mouvement, sous-estimé celles de mes camarades.

J'ai volontairement pactisé avec l'ennemi.

J'ai fait preuve d'individualisme et de futilité.

Je n'étais qu'une Indienne comme les autres, mais qui s'est prise pour un chef.

Il n'y a qu'un chef ici.

Elles prennent la parole, chacune à leur tour. Des cailloux feraient moins mal.

Je ne t'ai jamais aimée, c'est ce qu'elles disent, chacune à leur manière, et c'est étrange que cela me heurte autant puisque je le sais.

Je me demande même si tu sais naviguer, dit, non sans mépris, une voix.

Je commence à mon tour de parler :

– Il est temps, il est plus que temps, il est même trop

tard pour moi, dis-je. Trop tard pour me débarrasser de la soumission qui est en moi. Cette soumission affreuse, cette maladie de l'âme qui m'a conduite à tant accepter en trois ans, à tomber amoureuse d'Olaf, à coucher avec Olaf, à m'asseoir nue la nuit sur la tête nue d'Olaf.

Il est trop tard pour moi, dis-je, il faut que s'abattent les cendres de la honte pour extirper cette disposition à l'esclavage qui est en moi, au moins autant que la révolte.

Vous pouvez me raser la moitié de la tête, dis-je, me rappelant une punition en vigueur pendant la révolution culturelle chinoise, et me jeter dehors, vous pouvez crier et m'agonir d'injures, mais jamais je ne démissionnerai. Car ce serait mal nommer ce qui m'arrive. Et si j'ai commis bien des fautes, celle-ci je ne la commettrai jamais.

Olaf reprend la parole, il est blême, des taches rouges sont apparues sur son cou. La neige tombe si fort qu'on entend le bruit des flocons épais comme des balles.

– Tu viens de gâcher le séminaire, dit-il. L'individualisme est malheureusement le mal de notre temps. L'individualisme des sales petites bonnes femmes. L'Équipée s'en remettra bien sûr. Que nous font tes pitoyables aveux ? Rien. Cela n'existe pas. Ils n'existent pas.

La séance est levée.

Je pars à pied sous la neige, à travers le bois. Je longe le lac gelé. Parfois j'enjambe des arbres morts, je traverse de vieux ponts de pierre au-dessus de petits cours d'eau pétrifiés.

Deux heures plus tard, trempée, tremblante de honte et de fièvre, je sonne à ma porte et on m'ouvre. Je claque des dents, atteinte d'un mal mystérieux.

Quelques jours passent. Je reçois un message de Morel : je dois vider mon bureau. Et signer la feuille de démission volontaire.

– Je t'ai dit cent fois que je ne démissionnerai jamais.

Un combat perdu d'avance. Mes préférés.

J'ai été la favorite d'Olaf. Je ne m'en souviens plus.

Je n'en reviens toujours pas, d'avoir été cette fille que je ne connais pas et que je ne sais donc pas défendre. Il aura fallu aller la chercher de l'autre côté du miroir. Dans les mots de l'oubli, les flaques boueuses du passé enfoui.

Oui : un jour je suis allée vider mon bureau. J'ai rempli des sacs-poubelle noirs. J'ai placé mes affaires personnelles dans cette boîte à chaussures, cette petite tombe d'enfant. Et sans comprendre ce que je faisais, j'ai jeté la boîte dans le caniveau débordant de pluie sale, comme on jette une bouteille à la mer, comme on baptise un navire, comme on fait flotter un petit bateau en papier sur un étang.

En tirant son rideau de fer, ce soir-là, le poissonnier a vu une boîte en carton qui flottait juste devant son étal. C'était un poissonnier curieux, il l'a prise, intrigué par ce mot : NOUK écrit en grosses lettres maladroites sur le côté de la boîte détrempée, sur le carton ramolli.

À l'intérieur, deux livres, un très gros et un petit. Un stylo. Une soucoupe en céramique bleu et noir contenant des trombones et une bague verte.

Une montre ancienne cassée.

Quelques lettres non ouvertes. Et un petit hérisson en plomb.

Il y avait une adresse.

Quelques semaines plus tard, le poissonnier m'a rapporté la boîte.

Il l'avait d'abord portée à l'Équipée où on l'avait envoyé balader.

Tenace, il m'avait trouvée.

Les personnes qui se donnent cette sorte de peine me touchent à la manière des Justes.

Chapitre 8

La Terre promise existe

La première chose que j'ai remarquée en entrant dans son bureau, c'était un entassement extraordinaire de papiers, de livres ouverts et retournés, d'enveloppes non décachetées, de pointes Bic sans bouchon, de maquettes.

Au mur, des couvertures jaunies et cornées de livres anciens.

Au mur, des tableaux en corde.

Des tableaux faits de mots.

Plurien, village breton.

Pluie et vent sur Orléans sans miracles.

Frères sorcières qui après nous.

J'ai pensé : Quel drôle d'endroit.

J'ai pensé : Jamais vu une installation aussi soigneuse mêlant la vision d'un acharnement désordonné au travail et le spectacle d'un lit non refait. Dans les deux cas, une intimité exhibée, mais impossible à prendre sur le fait.

Werther a tout de suite été désagréable.

Et moi aussi sans doute.

Je me suis assise avant qu'il m'y invite et j'ai tendu sans un sourire la feuille où était imprimé mon curriculum vitae. Avec une sorte de petite grimace offusquée. C'était bête, et même vaguement incompréhensible, puisque j'avais pris rendez-vous pour proposer ma candidature. Postuler, comme on dit. Pustule cherche du travail.

Il m'a toisée du fond de son fauteuil-terrarium de saurien.

– Je ne lis jamais ce genre de torchon, a-t-il grommelé sans un regard à ma feuille. Vous voulez le garder ou je le balance ?

J'ai eu un mouvement de recul.

– Je le jetterai moi-même, ai-je dit avec ce qui me semblait un reste d'honneur. Un sursaut de dignité.

– On vous l'a dit, je suppose, je déteste les femmes enceintes. La grossesse, je suis désolé, cela ne passe pas chez moi.

Il jouissait de chacune de ses syllabes provocatrices articulées lentement, avec un zeste d'accent venu sans doute de l'est de l'Europe.

J'ai eu un petit rire, j'ai espéré cacher que je rougissais.

– Vous n'êtes pas le seul. Mais les autres ne le disent pas en général.

Il avait une manière spéciale d'être vif et lent en même temps.

Je ne pouvais pas le nier : j'étais vraiment très enceinte. Un deuxième bébé. Quatre ans d'écart. (La banalité faite femme, c'est moi. Je voulais être normale, j'ai fini par y parvenir.) J'ai changé de sujet. J'aurais dû m'en douter. C'était fichu. J'ai eu un ultime sursaut de courage.

– Non, on ne m'avait pas prévenue, excusez-moi.

C'était particulièrement idiot, ce *excusez-moi*, mais je l'ai dit, et j'ai ajouté, comme on s'accroche à une branche qui craque sous le poids :

– On m'a simplement dit que vous ressembliez à James Dean.

Mes capacités de fayotage me sont toujours une surprise. J'avais manqué de faire un lapsus mortel – crac la branche se brisait vraiment – et dire James Bond, mais non, j'avais dit James Dean, et c'était vrai : quelqu'un me l'avait dit, *Quos vult perdere Jupiter dementat.* James Dean. Le jeune mort idéal. Un faon.

Werther ressemblait surtout à un mérou de mille ans dans sa tanière.

Très vite et silencieusement, avant de battre en retraite, vaincue, j'ai passé en revue mes rendez-vous chez le dentiste, la peinture écaillée du salon, Berg, les couches, la location de vacances, les habits de bébé qui coûtent un bras, la crèche, le bureau du chômage, j'avais vraiment besoin de travailler.

J'ai dit gentiment :

– C'est quoi, ces pétales géants que vous avez accrochés dans la salle de réunion ?

Il a rougi à son tour.

– Une œuvre. De l'art. Vous ne savez pas reconnaître l'art contemporain ?

– Pas toujours, mais qu'importe, ai-je dit, sourire toujours solidement collé sous le nez.

Il s'est renversé dans son fauteuil, a plissé les yeux.

– Ah ouais ?

Je suis sortie, découragée.

L'entretien n'avait pas duré plus de dix minutes, interrompu pourtant par plusieurs coups de téléphone auxquels mon interlocuteur avait répondu en changeant à chaque fois totalement de visage et de voix.

Cela m'a rappelé une aventure que j'avais eue avec mon grand-père Max.

J'avais l'habitude de l'appeler tous les soirs à 19 h 30. Avant qu'il prenne son dîner, avant qu'il ceigne sa serviette, qu'il goûte le vin rouge recommandé par le docteur Mario Bensasson et servi par Mercedes dans un petit verre de cristal.

Et il répondait gentiment.

Mais un jour, je n'avais pas pu appeler à 19 h 30 précises. J'avais hésité et finalement, un peu nerveuse, coupable d'abandon, je l'avais appelé vers 21 heures.

Une voix répond. Une voix inconnue, charmeuse, veloutée, ronronnante.

– Pardon, je me suis trompée.

– Pas du tout, ma petite Nouk, dit Max en riant beaucoup, en riant trop fort. C'est que je ne pensais pas que c'était toi.

La voix veloutée, c'était la voix de séducteur. La voix des soirées qu'il imaginait. La voix du charmeur de serpents, du joueur de flûte de Hamelin.

Werther en a plusieurs lui aussi. Tout à fait le contraire d'Olaf, me suis-je dit. Olaf ne répond jamais au téléphone. Werther apparemment passe sa vie au téléphone. Olaf ne s'assoit jamais à son bureau. Werther vit au fond de son antre. Olaf est un chef de guerre napoléonien. Werther c'est Talleyrand ou Mazarin, une éminence grise, un homme du secret.

Je suis sortie du bureau-caverne, les mains sous le ventre, gracieusement, mais sans espoir.

– Vous êtes embauchée, dit la petite dame assise derrière son bureau bien rangé, quelques jours plus tard. J'espère que vous n'êtes pas enceinte trop souvent : ils détestent les bébés ici. Surtout Werther. Je ne sais pas ce qui lui a pris de vous prendre. Vous commencez tout de suite.

Puis, se taisant soudain, elle renifle un peu fort et frotte ses deux petites mains l'une contre l'autre.

Quelle répétition éloquente, ce *pris*, ce *prendre*, me dis-je, l'oreille aux aguets.

Elle renifle de nouveau.

– Surtout, faudra jamais l'amener. Vous avez une place en crèche ?

– Bien sûr ! J'en ai eu une sans problème. Iris a toujours été très sage, alors ils font confiance à Rose, sa future petite sœur.

Je souris largement, comme le fait toute future mère qui se veut rassurante devant un futur employeur. La grossesse est une faute professionnelle, tout le monde le sait. Je ne montre pas de photos de mon aînée, mon Iris adorée, ce serait une erreur. Mais je songe : Comme c'est étrange une société où l'on affiche une telle hostilité et un tel mépris collectif pour les femmes et leurs bébés.

Et je remercie la dame.

Elle me regarde avec lassitude et me recommande de ne jamais venir non plus quand je serai enrhumée.

– Et vous le serez souvent, on sait ce que c'est, la crèche, un vrai bouillon de culture. La varicelle, la rougeole, les otites, les grippes, ça devrait être interdit dans les bureaux. Les pays où les femmes ne travaillent pas sont bien moins contaminés que le nôtre. Les Français adorent se passer leurs microbes, c'est quelque chose que je ne comprends pas, répète plusieurs fois Céleste – c'est le prénom de cette dame, la gardienne des lieux. Vous avez un rhume, vous restez chez vous, c'est mieux pour tout le monde.

Et elle sort un trousseau de clés de son tiroir pour déverrouiller la porte de mon futur bureau.

Clac clac font les talons de ses bottines tandis que je marche derrière elle en tenant mon ventre, et que Werther nous regarde de loin – il s'en va, c'est son heure. Je saurai bientôt les horaires de chacun de ses mouvements, les horaires précis et inamovibles de sa vie quotidienne.

Il est précisément 17 h 30. Il a mis son imper et fermé sa porte, comme on ferme un terrier.

Il me propose de prendre un café avec lui le lendemain pour fêter ça, et je dis oui.

– Dix heures. Vous savez où ?

– Je sais. On m'en a parlé.

Je suis déjà ensorcelée.

Chapitre 9

Au café, en mai

Le café de Werther est un café discret et ostensiblement authentique. Banquettes à l'ancienne, au joli rouge sang. Tables en formica. Odeur de gauloises. Des cendriers Cinzano jaunes à chaque place. Photos de footballeurs aux murs. Le Nemrod.

Pourquoi et depuis quand des cafés s'appellent-ils le Nemrod, j'aimerais le savoir.

Le visage de mon nouveau patron s'est modifié, éclairci. Il rajeunit en me parlant, je peux le voir rajeunir comme dans un film remonté à l'envers. Une autre personne encore.

– Le football, j'aime ça plus que tout. Les Italiens sont les meilleurs, tu le sais ?

– Ah, je croyais que c'étaient les Allemands. Ou les Hongrois.

Je ne sais rien sur le sujet. Tant mieux, car Werther aime

infiniment parler. Mais pas dans la salle empuantie par les mégots, non.

– On s'installe dehors, dit-il. En terrasse. Tu as cinq minutes de retard.

Il parle lentement, on voit sa pensée se dérouler.

– C'est à cause de tes enfants, je suppose, que tu es en retard. Remarque, ça ne me gêne pas du tout, mais sois prudente !

Prudente. J'aurais dû faire attention à ce mot. Prudente, un adjectif que Werther affectionne. La prudence est la mère de tous les avenirs, comme l'oisiveté est celle de tous les vices. Ce sont les deux mères de Werther.

Je me répète, Sois prudente, dans ma tête, Sois prudente, sans que cela suscite aucune image. Sois à l'heure, d'accord, mais prudente, je ne veux surtout pas l'être. La prudence et sa sœur la méfiance me font horreur.

– Au bureau, je veux dire dans ton couloir de nage, ils sont vieille France avec les horaires. Old school. À cheval, on dit, non ?

– Oui.

– Regarde : sur cette place, on se croirait en Italie, c'est à cause de la lumière. Tu vois ce que je veux dire, les expressos serrés, les petits nuages accrochés au clocher, le ciel bleu layette, la pierre dorée, les pavés irréguliers, et l'air frais du matin. Capisce ?

– Si.

– Tu veux un croissant ?

– No, grazie.

– Non ? Tant mieux, c'est du poison, mais les filles adorent ça. Alors j'en propose. Tant mieux que tu n'aimes pas. Tu vivras plus vieille. Remarque, les enfants, ça fait vieillir plus vite, non ? J'ai lu un livre là-dessus. Tu sens comme ils te sucent la moelle, les salopiots. Et les filles, ça doit être pire.

Werther est agréable à écouter si on accepte de ne pas se vexer pour un oui, pour un non. Si on accepte de ne se vexer jamais, de se passionner pour le livre qu'il est en train de lire et qu'il doit raconter toutes affaires cessantes. Un livre en anglais ou en allemand, écrit obligatoirement par un homme, un document sérieux sur la lutte des sexes, les animaux, la domination masculine chez les animaux, la sagesse, la nature.

Konrad Lorenz est son idole.

– Tu ne connaissais pas Konrad Lorenz ? Ha ha ha.

– Je vais le lire, dis-je, convaincue, enthousiaste, avant d'écouter un exposé sur la virilité des oies sauvages.

Les convictions de Werther sur la perfidie des filles, les bienfaits des chaussettes en laine, la nécessité de faire revenir dans de l'huile sicilienne les côtes de bettes achetées chez sa fruitière, les charmes douteux des garçons coiffeurs, les filets de sole à la vapeur, les croissants frais ou surgelés, le café italien et sur un milliard d'autres sujets sont passionnantes.

Pas du tout à cause de leur contenu.

Mais parce qu'elles le passionnent. Il aime parler, pas

écouter, il trouve la plupart des gens ennuyeux. Tous les hommes et la plupart des femmes.

L'écouter, c'est comme visiter un monde nouveau. Une planète. La sienne. La mieux. Le meilleur des mondes. Le sien. Long à installer, apparemment, mais solide et incontestable.

Il m'a promis de m'expliquer sa méthode, j'attends, j'écoute, j'observe, disciple fidèle et attentive au moindre détail.

Mais – si j'y repense –, il ne m'expliquera rien du tout.

Il n'aura pas pu m'expliquer sa méthode, car il n'en a pas.

C'est autre chose, une façon d'être qui m'est totalement étrangère, où être soi ne supporte aucune nuance. Aucun doute. À la manière de Descartes mais à l'inverse. Vous suivez ?

Werther est convaincu que ses souvenirs d'enfance, ses sentiments, ses goûts, sa manière d'acheter des œuvres d'art ou des pantalons chinos beiges, correspondent exactement à ce qu'il faut faire.

Les échecs des unes et des autres sont causés par cette insuffisance à être lui.

Au bout d'une heure d'apprentissage, j'ai le nez rouge et les yeux qui larmoient. J'ai toujours eu froid aux yeux.

– C'est le foie, les yeux qui pleurent, dit Werther qui est très soucieux de ses organes internes et externes et donc très au fait de ce genre de symptômes. Demande une tisane à Céleste. Elle en a dans son tiroir. Une tisane pour le foie.

Une petite chanson qui parlait autrefois de la Boldoflorine traverse ma tête.

Dans ma famille, on ne croyait pas au foie, la crise de foie était considérée comme une stupide invention de bonne femme, et j'ai hérité d'un léger mépris pour toutes les sortes de tisanes. Comme j'ai tort.

La place est soudain traversée par un vent sournois et impitoyable comme Werther lui-même. Tiède et violent. Des rafales qui me font trébucher.

Werther attrape mon bras et on va au bureau.

Je suis soulagée en passant le porche.

Arriver au bureau à 11 h 30, dans mon couloir, ça la fiche mal, chez des patrons à cheval et old school. Mais je me dis vaguement que… Non : je ne me dis rien, j'aime cette sensation de liberté et je me sens protégée. Protégée : ah cet horrible mot, que Dieu le bannisse. Pourquoi avons-nous tant besoin d'être protégées ?

Le bureau est divisé en deux mondes.

Deux mondes, comme partout.

Entre les deux, une sorte de passe-plat, un sas, avec de vastes toilettes antiques.

Le haut et le bas, l'ombre et la lumière, le chaud et le froid, le ciel et l'enfer. Les bons et les méchantes. Les gentilles et les salauds. Le monde se divise en deux.

Du bon côté, des pétales de cerisier géants érigés en lustres immenses et posés dans les coins comme des mobiles fragiles, des murs enduits à la chaux, un escalier moderne en colimaçon, de la lumière qui tombe en averse, des livres reliés partout, des gâteaux secs sur une assiette. C'est l'Atelier.

Du mauvais côté, du mobilier de bureau gris métallisé, un couloir sombre, des pièces encombrées, pas d'air. Pas de livres, bien sûr. Et un plafond bizarrement beaucoup plus bas. C'est le Prieuré.

Cela aurait dû m'inquiéter, mais je suis pleine de bonne volonté et soudain joyeuse. Je demande quand même pourquoi je suis installée dans le bureau du fond, dans le bas-côté du monde.

– Pourquoi m'as-tu installée au bout du couloir ?

Mon nouveau patron prend l'air étonné, dubitatif même.

– Il est très bien ton bureau, répond-il d'un air déçu. Tu n'es pas contente ? On m'a dit que tu n'étais jamais contente, mais je n'ai pas voulu le croire.

Il fronce ses sourcils pâles.

– Ils ont peut-être raison. Peut-être que contente, tu ne sais pas l'être. Tu n'es jamais contente ? Ton mec, il te baise souvent ? Ah je suis bête, avec ton ventre… Tu sais, souvent il ne faut pas choisir les trop beaux, ils ne se donnent aucun mal.

Je n'écoute plus. Je déteste ce mot, baise. Fuck, oui.

Qui, ils, qui, on ? Qui a dit ça ?

Ça se met à tambouriner en moi. Je suis dévastée.

Les commissures de la bouche de Werther, sa bouche de poisson, sont descendues un peu plus vers son menton rond, laissant apparaître une fossette étrange à l'intérieur de la lèvre, une sorte d'aphte.

Je me suis recroquevillée, terrorisée à l'idée d'être décevante. D'être chassée illico du paradis pour un mot de travers, une question de trop.

– J'espérais être près de toi, dis-je en me détestant pour cette phrase débile. Pour le travail. Les décisions.

– Plus près de toi, mon Dieu, et puis quoi encore ?

Il soupire.

– Elles veulent toujours être dans le bureau à côté du mien, je pensais que tu étais différente.

Plexus touché. Pliée en deux.

– Je suis différente, murmuré-je. Mais figure-toi que parfois je ne veux pas être différente. Pourquoi on m'a mise là ? Je vais être seule, toute seule. Hors du monde. Loin du paradis, comme disait Heinrich von Kleist.

Voilà ce que je voulais plaider, mais je vois bien que c'est stupide. Tout était décidé, et sans moi, et depuis longtemps.

En marchant dans le couloir, Werther m'explique patiemment qu'il a besoin d'une complice du mauvais côté du monde, une complice pour y faire circuler les bonnes ondes de la créativité et de l'esprit artiste de l'autre monde.

– Les visiteurs. Tu vas faire venir des gens différents, il y aura ton tourbillon, on a besoin de cela.

Je suis flattée.

Nous entrons dans le bureau et Werther éclate de rire.

– Ils ont repeint, dis donc, la chance que tu as ! remarque-t-il avec ironie. Ils ont repeint pour toi, c'est dingue. Et personne ne m'a prévenu. Pas du tout le genre de la maison, plutôt rapiate, en général. Ils croient que tu vas leur rapporter des sous parce que tu viens de chez Olaf. Ils sont si bêtes. Bêtes comme des marchands de boutons.

Je sens un très léger agacement planer au-dessus de sa tête.

– Tu veux un autre café ? Il vaut mieux pas, cela dit, dans ton état. Je crois qu'il y a des cafards dans la machine. Ça donne un goût.

Il s'assoit sur l'une des deux chaises en fer placées devant le lourd bureau métallique des années trente.

– Le mien on ne le repeint jamais. Remarque, cela ne m'arrangerait pas qu'on le repeigne, avec tout le bordel que j'ai accumulé, et puis j'aime pas l'odeur de la peinture, ç'est dangereux, la peinture, ça peut détruire les poumons.

J'allume une cigarette. Tout pèse soudain une tonne.

– En plus tu fumes. Tu fumes alors que tu es enceinte ?

Sa méchanceté est comme une aile qui bat au-dessus de ma tête.

– Tu es chouchoutée et tu ne t'en rends même pas compte. C'est ça, les filles de luxe, les jewish princesses, on est aux petits soins et elles se plaignent, c'est ce qu'on m'avait dit à ton sujet, mais je ne voulais pas le croire. Une bourge.

La question s'est encore coincée dans ma gorge, qui, on ?

Je m'accroche à cette fichue branche : la positive attitude.

– Non je t'assure, ça me va très bien. J'aime beaucoup le gris des murs. On dirait… – les mots qui me viennent, je ne peux pas les dire. Je posais juste une question.

– Évite les questions, Nouk, tu ne t'en porteras que mieux, conclut-il, avant de filer vers l'autre monde, l'ensoleillé, le vrai, le paradis au bout du couloir, avec ses pluies de lumière.

Il repart, content de sa séance de dressage, et je commence à installer mes affaires.

Je dois vider ma petite boîte dans cette moyenne boîte, me dis-je, avec la voix de l'ourse moyenne dans *Boucles d'Or*.

Jaillissant du bureau d'en face, une nommée Cathy Caille – son nom écrit sur une belle étiquette barre sa porte – surgit alors. Elle est responsable des librairies, des déplacements d'auteurs, elle se rengorge un peu et bat des cils derrière ses lunettes. Elle n'a pas supporté d'attendre plus de deux ou trois minutes après la fuite de Werther.

– Je suis Cathy Caille.

Elle se rengorge encore.

Midi sonne au clocher voisin.

La pauvre, tous les surnoms qu'elle doit supporter, de cot cot cot, le chant de la poule en fuite, à kaï kaï kaï, le cri du chien qui souffre, me dis-je.

La compassion est souvent un système de défense.

Elle reste un moment sur le pas de la porte en faisant valser sa jupe plissée couleur rouille. Un Rantanplan de ballet. Elle fait semblant de scruter le mur en briques rouges derrière moi, un mur immense qui obture la vue. En vérité, elle est venue me regarder sous le nez. Me scanner. Me radiographier.

– Bonjour, Nouk, dit-elle trop gaiment, et faisant comme si j'avais cinq ans. Cela fait du bien d'avoir de nouveau une voisine. Tu sais qui était dans ce bureau avant toi ?

Elle se reprend et remonte ses lunettes à monture rouge sur son nez.

Je devine que ce qu'elle se prépare à me dire n'est pas une bonne nouvelle. Il y a un court silence. On entend mon souffle, trop court, je peux sentir le sien, acide.

– Tu n'as pas entendu parler de Magnus, l'ancien directeur commercial ?

– Non, pas du tout.

– Ah. C'était un homme tellement gentil. Mais si sombre. Si angoissé.

Re-silence.

– Il faut que tu le saches. Il mettait sa carabine dans le coin derrière toi.

– Ah oui.

Je regarde le coin. Un coin normal. Une légère envie de rire assez inappropriée monte vers mon nez. J'éternue vivement.

– Il s'est tiré une balle dans la bouche, reprend madame Caille, attentive à l'effet produit par sa révélation.

J'imagine le fusil, les longs bras du suicidé. Sa bouche immense et vidée de ses dents, comme la bouche d'un canon. Un homme-canon.

– C'est triste. C'est – je cherche mes mots – affreux.

– Très.

– On sait pourquoi ?

– Oui. Le bureau.

– Quoi, le bureau, il est hanté, le bureau ?

Madame Caille prend un air mystérieux et angélique.

– Personne ne t'a dit que Joris-Karl Huysmans faisait des messes noires au sixième étage de notre bâtiment ou au septième, je ne sais plus ?

– Personne, non.

Et je compare mentalement Werther à Jean des Esseintes, l'esthète excentrique et fatigant, juste pour jouer, dans ma tête. J'ai toujours aimé *À rebours.*

– Et ce pauvre monsieur Magnus ? dis-je.

– Il était instabe. Très instabe.

– Instable ?

– Non, instabe.

– Madame Caille, merci, vraiment. Mais il faut que je m'installe.

Que je m'instabe, je répète tout bas.

Elle frétille.

– Bien sûr, tu dois avoir beaucoup à faire.

Elle regarde ma boîte en carton avec insistance. Petite boîte. *Little boxes, little boxes*, encore une chanson.

Elle conclut vaillamment :

– Je dérange, je sais, j'ai toujours dérangé tout le monde, toujours. Allez, je file déjeuner, à bientôt.

J'entends ses pas de souris dans le couloir, la porte grince, puis plus rien. Elle me fait de la peine, j'aurais dû la retenir. Pourquoi ne l'ai-je pas retenue ? Elle m'effraie. Je la soupçonne de détenir un secret que je ne veux pas connaître. C'est étrange de s'exposer ainsi devant une inconnue. Je l'inviterai demain. Peut-être. Je n'ai aucune envie d'être son amie.

Me voici seule. Enfin seule. Je commence à ranger. Je vide la boîte. Ses mini-trésors. Le hérisson. Mes deux livres.

Stylos et bloc de papier alignés sur la table, livres sur la première étagère de la bibliothèque en bois. Cahier à spirale neuf.

Mon carnet d'adresses aussi.

Et j'attends.

Personne ne vient.

À 17 h 30, j'éteins le néon inutile.

Dehors, les feuilles des peupliers clignotent dans la lumière du soir. Il fait doux. Le vent est tombé. Un ciel bleu layette. Les tilleuls en fleur parfument le boulevard. Je marche jusqu'à la Seine, mains sous le ventre, tranquille.

Un homme m'insulte brusquement, brisant la magie rose et dorée.

– Comment que tu as fait pour te retrouver dans cet état-là, tu as bien joui, salope.

J'aimerais vraiment savoir ce que l'on doit répondre à ça.

Trop jouir, ne pas jouir sont les deux faces d'une même médaille patriarcale, et, dans les deux cas, il y aurait tant à dire sur ces questions impitoyables. Et sur la difficulté qu'il y a à tenter d'y répondre.

Je le regarde droit dans les yeux, ce n'est pas facile, ce sont vraiment des yeux minuscules, de ces yeux en fente qu'on dit porcins, et qui font peur.

Le cœur à cent à l'heure, je le fixe le plus courageusement possible. Un de ses copains l'entraîne plus loin, je m'assois sur un banc de pierre, les jambes molles.

Je me souviens de l'histoire de la reine qui avait perdu sa culotte. Cette reine s'aperçoit que l'élastique a craqué et que sa culotte est tombée à ses pieds. Alors elle s'assoit sur un banc qui se trouve là par bonheur et décide de n'en plus bouger. Aussi les courtisans doivent-ils déraciner le banc et transporter la reine dans son palais, en pleine nuit, pour que son honneur soit sauf.

Pas de courtisans, pas de palais, je me débrouille toute seule. La soirée est gaie. À chaque fou rire, je me dis que le bébé va naître, car c'est de cette manière qu'est née la première. Dans un énorme éclat de rire.

Le lendemain, je suis déçue de n'être pas invitée au café de 10 heures. Ni les jours suivants.

Je reste toute la journée assise à mon bureau, regrettant l'agitation des équipes d'Olaf, Le tourbillon de la vie avec Olaf. Et même les cris d'Olaf.

Il faut dire que les cris d'Olaf étaient légendaires. On disait qu'un jour un maquettiste s'était effondré devant lui : sa vésicule biliaire avait explosé à cause des hurlements d'Olaf. À l'Équipée, il se passait toujours quelque chose de palpitant. Des stars du monde de l'art, des vedettes du monde des lettres passaient, auréolées de leur génie probablement contagieux. On avait vu l'une d'elles escalader le mur des toilettes où elle s'était enfermée, tomber et se casser la jambe.

Il régnait une ambiance d'enfer.

Quel calme dans le couloir sombre du Prieuré. Quel terrible silence.

Madodo, la standardiste, épluche avec soin son fruit : une clémentine ou une pomme, selon les jours.

Cathy Caille colorie des cartes de France avec des crayons de différentes couleurs, bleu, vert, jaune, orange, rouge et violet. Elle plante des petits drapeaux colorés pour indiquer nos progrès dans une conquête de la librairie et des libraires qui prendra au moins mille ans. (D'autant que les patrons du couloir, Suchard et Prat, répètent à qui veut les entendre que les libraires sont des cons, des voleurs et des incapables. Et il se trouve que Werther se fiche totalement de la librairie.)

Mélissa, la documentaliste, relit des livres publiés il y a

longtemps en poussant des petits couinements de joie, et elle fabrique des fiches thématiques, des entrées comme elle dit, du genre : famille, voyages, sexe, poésie, deuil, aventures, célébrités, bien-être, réussite, thèmes contemporains.

D'autres employées remplissent des bordereaux pour les services centraux, des bons de commande, des imprimés pour les bibliothèques, et des feuilles de paie pour nous.

En silence.

Cela se passe au temps d'avant les ordinateurs et les portables. Juste avant.

Dans mon bureau quasi vide et tout à fait silencieux, j'imagine le cadavre du pauvre directeur commercial allongé devant moi sur la moquette rase, il est cassé en deux, dans une position bizarre, son fusil gît à côté de lui. Je me demande ce qui l'a poussé à se tuer.

Je regarde fixement cette porte brun chocolat et à demi transparente, en verre dépoli jaunâtre dans sa partie supérieure comme dans les anciennes écoles primaires. Ma porte, qui ne s'ouvre jamais.

Une semaine s'écoule. Dix jours.

Personne ne me parle, je ne parle à personne. Je ne sais pas quoi dire. J'ai renoncé pour le moment à inviter Cathy Caille à déjeuner. Par timidité.

Je fais des listes d'agents à appeler, des listes de livres à lire, des listes d'éditeurs étrangers à contacter, des listes d'écrivains à solliciter. Des listes que je jette ensuite avec un sentiment d'impuissance. La malédiction du fusil fait son œuvre. Je relis *À rebours* de Joris-Karl Huysmans.

Le lundi suivant je me ressaisis, si tu ne vas pas à la montagne, la montagne viendra à toi, je ne sais pas trop ce que je veux dire par là, c'est comme un mantra, je demande leur soutien à Cathy Caille et à Madodo la standardiste.

– Vous seriez d'accord pour m'aider à retourner mon bureau ? J'aimerais pouvoir regarder par la fenêtre.

Elles viennent tout de suite. Ma chaise noire fait face désormais à la fenêtre et au mur de briques.

Je regarde le mur rouge, j'observe le soleil qui essaie de sauter par-dessus, je tourne le dos à ma solitude. Je n'attends plus rien. Cela repose.

– Cette Nouk est un peu dérangée, murmure Cathy Caille à Madodo.

Elles gloussent.

– C'est sûrement à cause de sa grossesse. C'est si bizarre que Werther l'ait embauchée.

– Tu te rends compte, une éditrice avec un ventre énorme et qui regarde un mur.

Je suis un si bon sujet de conversation.

Werther m'avait prévenue le jour où nous avions pris un café au Nemrod.

– Tu dois te débrouiller toute seule, apprendre à être libre.

Vous ne savez pas faire ça, vous les filles, vous avez besoin d'obéir. Ici c'est différent, montre-nous ta différence. Et je te préviens, on ne fait jamais de réunion.

– Non ? Jamais ? Même pas le mardi matin ?

Je n'imagine pas la vie de bureau sans réunions. Réunions de service, réunions de travail, réunions de programmation.

– Jamais. Ça ne sert à rien. Chez Olaf, vous passiez votre vie en réunion, en réunion ou dans sa chambre, je le sais, j'ai eu une petite amie qui travaillait à la maquette chez lui, à l'Équipée. Elle disait que c'était un bon coup.

Je m'étais crispée. Il n'y avait prêté aucune attention.

– Réunions du matin, réunions de bilan, réunions de projets, c'est là que vous apprenez tous à faire semblant de travailler, à faire des phrases, à vous mettre en avant, à vous vanter, c'est très français. Mais on perd son temps. Ah ça, vous savez prendre des notes et parler dans le vide pendant des heures, mais quoi d'autre ? Ici, chacun est libre, tu comprends, libre, vraiment libre, chacun fait son travail, tu n'es même pas obligée de faire tes horaires, tu viens quand tu veux, tu pars quand tu veux. Je veux que les types qui travaillent avec moi aient les mêmes droits et les mêmes devoirs que moi. Ce qui compte, c'est le résultat. Et tu n'as plus aucun prétexte pour ne pas faire de ta vie une œuvre d'art. Remarque, avec des enfants, ce n'est pas très bien parti.

Je me répète ces phrases tellement lumineuses. Je suis convaincue.

Je regarde de nouveau le mur de briques rouges, je regarde

le soleil jaune se hisser lourdement au-dessus puis redescendre, glisser et disparaître. Je regarde la minuscule bande de ciel mauve.

Mon bébé, que dans ma tête je nomme Rose, frémit, prêt à naître.

Le temps passe.

Personne n'entre décidément jamais dans cette pièce qui sent encore un peu la peinture.

Mais un soir, le téléphone sonne.

Werther part en vacances. Il me prévient.

– Tu fais ton petit programme, on en parle à mon retour.

Et ce départ, bizarrement, est un signal : ma nouvelle vie démarre.

Chapitre 10

Quelques années comme une seconde

La vie reprend.

Une vie scandée par les allées et venues de Werther, je pars en vacances, je reviens de vacances, je pars en voyage, me revoici, viens prendre un café !

Nouk accourt, elle aime tant ces rendez-vous au Nemrod, au café des Acacias ou Chez Mimi. (Car Werther a une collection de cafés. Il a des collections pour tout.)

Elle l'écoute raconter ses aventures, une randonnée dans les Alpes avec marmottes, un voyage à Gênes où l'on trouve la meilleure mousse à raser du monde, je t'en achèterai, elle sent la pâte d'amandes, une semaine au bord d'un lac vert émeraude à l'abri des regards, la patronne est devenue une amie, elle nous fait une cuisine divine, elle nous appelle ses amoureux.

Nouk rêve en l'écoutant décrire un chalet au toit chargé de neige, entouré de mélèzes bourrés d'écureuils.

Parfois, Werther lui raconte son enfance, le foot et les filles qui ne le regardaient pas, ses frères, des géants qui le frappaient, la bibliothèque qu'il a lue dans l'ordre. Elle ne sait pas si c'est vrai, trop de garçons ont raconté cette expérience méthodologique. Elle l'a lu dans des livres. De toute façon, elle adore ça.

Leur histoire préférée est la même : celle où il écrit je t'aime sur le sable d'une plage non identifiée et où la marée efface le message d'amour sous le regard terrifié de la fille à qui cette déclaration est destinée.

De son côté à elle : une vie scandée par les réveils nocturnes, les épidémies à la crèche, les maladies enfantines des bébés. Elle vit avec Iris et Rose, le plus souvent elles jouent toutes les trois à même le sol, comme dans un grand nid.

Elles se racontent des histoires.

Iris et Rose observent tout. Elles grandissent dans un temps pourtant arrêté.

Berg, désormais, habite durant la semaine à Marseille. Il y travaille et le soleil lui convient.

Lui là-bas, elle ici.

Ses crises de jalousie sont violentes. Il la séquestre mentalement. Il a peur qu'elle ne lui échappe. Elle n'a pas le droit de sortir le soir. Il appelle toutes les deux heures. Elle doit être là. Les enfants couchées, elle lui fait le compte-rendu de la journée.

Il a peur. Elle a peur.

Elle ne reconnaît plus le militant avec qui, autrefois, au lieu d'aller danser, elle ronéotait et distribuait des tracts à l'aube, et glissait dans les mains de travailleurs indifférents des poèmes destinés à poser les bases d'un monde meilleur.

Ils rentraient à pied des usines de Boulogne-Billancourt. Fatigués, heureux, ils restaient souvent assis au bord du fleuve et regardaient le jour se lever.

Cela faisait pleurer Berg, tant de beauté.

Les larmes transparentes et tièdes de Berg.

J'avais vingt ans, vingt-cinq, bientôt trente, et je ne laisserai personne dire que c'est le plus bel âge de la vie.

C'est surtout un âge qui passe en cinq minutes.

Mais j'aime bien cette citation : *J'avais vingt ans. Je ne laisserai personne dire que c'est le plus bel âge de la vie.* C'est Paul Nizan qui l'a dit et Jean-Paul Sartre qui l'a répété, je crois. Beaucoup d'autres après lui. Elle a quelque chose de bravache.

Une menace dans l'air, un défi, pleins d'optimisme au fond.

C'est sans doute à ce moment – trente ans et des poussières – que j'ai pris la douce habitude de ne plus l'aimer, tout simplement.

Comme un sucre qui fond dans une tasse, comme un nuage qui éteint le soleil.

La vie est devenue uniforme, ponctuée de devoirs minuscules, d'enfants qui ne veulent pas dormir, d'amis qui ont disparu, de magie morte.

La vie de Nouk à sa grande surprise est désormais une vie d'employée de maison d'édition comme les autres, routinière et prévisible. Employée avec enfants. Elle n'avait pas imaginé cela, mais elle s'y est habituée très vite.

Il suffit de ne penser à rien, sinon aux choses à faire. Fais ton petit programme, comme dit Werther.

– C'est ce que tu voulais, non ? Être normale ?

Chapitre 11

Paradis. Détails. À la piscine

Les portes des cabines sont peintes en blanc et bleu. Les regarder me transporte dans un tableau de Raoul Dufy. Elles n'atteignent pas le sol, on voit des pieds qui dépassent. Leurs numéros sont inscrits sur des médaillons en cuivre. J'ai la cabine numéro 007. Sa banquette en bois blanc, ses deux patères bleues. Le petit trou rond dans la porte qui apporte la lumière.

Assise à moitié nue sur mon petit banc blanc, j'écoute la clameur de la piscine. Mes vêtements ont glissé du banc et se sont amoncelés en vrac sur le sol.

À moitié nue : c'est tellement épuisant d'ôter ses vêtements de ville, de renoncer à la rue, d'oublier le dehors, d'enfiler un maillot de bain.

J'enlève la moitié de mes habits et je m'arrête pour être sûre de me souvenir de ce bruit tout le reste de ma vie. Une rumeur aiguë, cousine de celle des cours de récréation. Des rires et des voix, et un rythme.

La cabine 007 est tout près des douches des femmes. Et j'essaie toujours de l'obtenir. Pour que personne ne sache que je traîne à demi nue dans ma cabine chérie. Ni pourquoi.

Quand je plonge dans le bassin bleu, Werther nage déjà depuis quelques minutes. Sa travée est tout le temps la même, la deuxième, un couloir qui lui est réservé depuis toujours sans doute. Des flotteurs rouges et blancs isolent les nageurs. Assis sur les carreaux de céramique blancs et bleus, des hommes bavardent, les pieds dans l'eau, à la manière orientale.

– Ils appellent cela faire du sport, grommelle Werther. Regarde leurs ventres. Ils se croient dans la casbah ?

Werther n'est jamais à l'abri de remarques qui pourraient tomber sous le coup de la loi.

Lui, il nage exactement quarante minutes. Son crawl est harmonieux, sans être très rapide, ses lunettes de nage augmentent encore sa ressemblance avec un mammifère marin.

Quand il découvre que je nage la brasse, il est déçu.

– Il va falloir apprendre le crawl.

– Je vais apprendre.

Ensuite nous n'échangeons pas un mot. Nous quittons nos couloirs ensemble, au moment où le bruit des enfants se rapproche. Je les regarderais bien marcher à la file en gigotant comme des canetons, en piaillant et en se bousculant, avant de sauter dans l'eau bleue en hurlant de joie, en retenant leur bonnet pour ne pas le perdre. Mais le programme est minuté, comme pour toutes choses dans la vie de Werther.

Nous rejoignons les douches, hommes à gauche, femmes à droite. Shampoing pour tout le monde, crèmes pour la peau, pour le visage. Tout un tas de précautions auxquelles je n'ai jamais pensé.

La piscine est un élément essentiel du dispositif de séduction de Werther. Je ne m'en aperçois pas. J'adhère à l'idée que ma santé va en être grandement améliorée. J'ai tant de progrès à faire en matière d'hygiène de vie.

Je ne remarque rien d'étrange au fait que nous nous retrouvons en maillot de bain deux fois par semaine, par tous les temps et en toute saison, pour nager et partager ensuite un repas.

Il faut reconnaître que je suis gourde.

Je suis fière d'être associée à ce rituel bihebdomadaire, je devine qu'il s'agit d'une élection. Et on me surprendrait en me rappelant que jusqu'à ma rencontre avec Werther, j'ai toujours professé une sainte horreur de l'eau chlorée. Quand on sort de ce nid à microbes, les cheveux encore humides et les yeux irrités, avec un goût étrange dans la bouche et les dents agacées, on se sent comme un légume mal décongelé, avais-je l'habitude de déclarer.

Je ne connais pas cette personne.

Nous nageons et ensuite nous parlons d'amour.

Nous parlons des amours de Werther.

Un jour, bien plus tard, au moment où j'entre dans les douches, je dis à Werther que j'ai une surprise pour lui. Il devient aussi pâle que son slip de bain gris clair. Il arrache son bonnet de bain en plastique qui fait un bruit de pneu, et marche vers moi, jusqu'à passer la ligne invisible des douches des filles. Il s'avance dans les douches des filles. Plusieurs personnes le regardent avec réprobation. Il approche son visage du mien, nos nez se cognent presque, il me parle à voix basse.

Il dit : Tu n'es pas enceinte, au moins ?

Je suis éberluée. Choquée. (Bien que j'aie couché avec lui, il y a quelques semaines, comment le nier.)

– Enceinte, moi ? Mais non. Tu rigoles.

Il se détend.

– Les femmes me font toujours ce coup-là.

– Ce coup-là ?

Je ne comprends pas. Je grimace de dégoût.

– Quel coup, que veux-tu dire ?

– Le coup de l'enfant. La grossesse-surprise. Pour me contraindre. Pour m'enfermer. M'épouser. Le chantage à l'enfant, tu connais, non ? Vous connaissez toutes, non ?

Je suis indignée. Me prêter une bassesse pareille.

Deux planètes viennent d'entrer en collision.

J'avais un cadeau pour lui. Une surprise. Je ne la lui donne pas.

– Ce n'était pas un gel douche au lait d'amande ?

– Tu y es presque. Mais cela n'est pas encore arrivé.

– Quand est-ce arrivé, d'ailleurs ?
– Je ne m'en souviens guère.
– Une saison, une date ?
– Impossible.
– Un moment crucial ?
– Mais non, pas du tout.
– Un refoulement ?
– Je ne crois pas. C'est simplement que ce n'était pas important pour lui, et beaucoup trop pour moi.

Werther m'avait entraînée chez lui, un jour, je dirais presque pour la forme, par principe, et je n'avais pas dit non, allez savoir pourquoi, il prétend que nous avons recommencé, je crois qu'il se trompe. Je n'ai jamais aimé monter chez lui.

Ce jour-là, j'ai eu l'impression comique d'être un lièvre dans la gueule d'un chien.

Si l'on m'interroge, je ne dirai pas que je n'ai pas eu de plaisir. Mais assez peu. Comme une toute petite musique venue du fond de mon cœur, dans cet appartement où il n'y en a jamais.

Mais je n'y étais pas. J'avais le sentiment qu'il ne s'agissait pas de moi.

– C'était sans doute assez vrai.

J'ai appelé chez lui, le soir, pour me rassurer. Il n'a pas répondu. J'ai appelé chez Isabelle, sa compagne, elle a dit sèchement : Vous me dérangez.

Werther n'est nulle part. Le monde s'effondre.

Durant la nuit j'ai été saisie de terreur. Je ressentais le besoin de lui parler tout de suite et c'était impossible. Je me suis sentie en danger de mort par abandon. Je ne suis pas allée au bureau le lendemain.

Plus jamais ça, me suis-je juré.

Ensuite tout a repris normalement, les cafés, la piscine, les livres, les bavardages dans mon bureau. Les daurades grillées.

Passons.

Pour le moment, observons Nouk toute contente, les cheveux collés, les yeux rougis. Elle mange un sandwich au concombre avec son patron avant de retourner au bureau. À chaque bouchée, elle se dit que l'odeur de chlore qui imprègne ses mains ne va pas si mal avec le concombre. Ses mains toutes fripées par l'eau froide.

Ils parlent d'amour. Ils parlent des amours de Werther. Ils ne parlent jamais de travail. Werther trouve cela vulgaire. Le travail on le fait, on n'en parle pas. L'élégance selon Werther, c'est de donner l'impression de ne jamais travailler. C'est l'air du temps, plus pour longtemps.

– Ne travaillez jamais, disait Guy Debord en 1953.

– Oui : plus de trente-cinq ans ont passé. Une demi-vie.

Chapitre 12

Paradis. Détails. Amours, toujours

– J'ai remarqué, dit Werther, que je m'enrhume toujours quand je dors chez ma maîtresse.

Car Werther a une compagne officielle, Isabelle, une maîtresse numéro un, et une maîtresse numéro deux. Il ne dort jamais seul. Il a la solitude nocturne en horreur.

Quand il dit ma maîtresse, il ne précise pas.

Nouk met un certain temps avant de comprendre cette situation inhabituelle pour elle. Avant de s'y adapter. De ne plus voir ce qu'elle a, cette situation, d'insupportable. Avant d'assimiler et de faire sien le roulement complexe des soirées et des nuits de Werther. Puis elle y parvient.

– Les règles sont si compliquées ?

– Non. Mais elles sont léonines. Jamais de téléphone. Jamais d'explications. Personne ne doit savoir où est Werther.

Jamais. Il est libre. Pas moi. Pas nous. Toujours ce mélange d'exhibitionnisme et de secret à quoi son bureau ressemble.

– Alors, rien ne la choque dans les innombrables mensonges que Werther débite quand il lui raconte sa vie ?

– Non. Rien ne la choque. Jamais. Elle est contente d'être sa confidente. Elle croit qu'elle est l'unique aux yeux de Werther. Cela ouvre des horizons infinis quant à la nature des engagements humains. Nouk, qui récemment encore scandait dans les rues des slogans féministes pleins d'humour, a tout oublié. En tout cas, il n'y a pas de rapport entre ces deux Nouk.

– Oui. Elle est une somme de personnes, un palimpseste de consciences non reliées les unes aux autres.

– Tu t'enrhumes ? dit-elle avec gravité.

Et elle en cherche les causes matérielles et psychiques. Une allergie aux rideaux ou aux tapis de l'appartement ? À un chat ? Des cheveux mouillés dans le métro ? Une petite culpabilité ? Elle prend l'affaire au sérieux.

Werther aussi. Tout ce qui touche à son bien-être et à sa santé est sacré. Cela l'ennuie terriblement de s'enrhumer quand il dort chez une maîtresse. Il faut que cela change.

– Une question de tee-shirt, peut-être, hasarde Nouk. Ou de courant d'air.

En pelant une pomme, Nouk pose des questions sur la première femme de son nouveau patron.

Patron, il ne serait pas d'accord. Au début en tout cas.

Ce genre de rapport au vocabulaire, à la hiérarchie et au pouvoir, change plus vite que le cœur d'une ville. Pour le moment, le paradis aux murs chaulés est placé sous le signe de la camaraderie, tout le monde se tutoie, pas de hiérarchie apparente. Liberté pour tous. Liberté, égalité, fraternité. Pour le moment, Werther est convaincu qu'on travaille mieux si les gens sont heureux. Et sa liberté d'aller et venir va de pair avec celle des maquettistes, de la secrétaire et de l'éditrice, Nouk. Quant aux salaires, certes, ils ne suivent sans doute pas, mais qui parle de salaires ? Et comment fait-on pour en parler ?

– Je n'arrive pas à croire que tu aies été marié, dit Nouk.

Si. Werther a été marié autrefois avec Bérangère.

– Une artiste, dit-il, non sans une pointe de mépris et de jalousie. Art contemporain. C'est ce qu'on faisait tous.

Il ne dit pas que les pétales géants qui illuminent l'atelier, c'est son œuvre.

– Les artistes sont des gens affreux, Nouk, tu dois le savoir. Tout ce qui les intéresse, c'est leur…

– Pomme ?

Mais Werther ne saisit pas la blague. Trop français, les jeux de mots, il déteste.

– Leur gueule, dit-il sobrement. Leur vanité. La vanité des artistes, c'est illimité.

Il fait une grimace qui retrousse sa lèvre.

– Les artistes ne pensent qu'à se faire mousser. Même leur orgueil démesuré ne suffit pas à juguler leur vanité démente. Ils ne pensent qu'à eux, à leur petite queue.

Nouk cille, gênée. Jamais on n'a dit « queue » devant elle. Encore moins « petite queue ».

Werther est lancé.

– Non, je me trompe, ils ne songent pas seulement à se mettre en avant, pas uniquement à écraser les pieds des petits copains, ils ne se consacrent pas exclusivement à se vexer pour tout, à se fâcher avec tout le monde, ils pensent aussi à piquer le fric des autres, les producteurs, les éditeurs, les galeristes. L'avidité des artistes, tu n'as pas idée. Toujours en train de mendier. De quémander. De grappiller un repas gratuit, une subvention, une récompense, une bourse, que sais-je. De faire semblant d'être pauvres. Toujours en train de surgir quand on ne les attend pas. Les artistes sont des enfants. Tu sais ce que j'en pense. Des enfants, en pire. Des monstres.

Le sujet des artistes est un sujet inépuisable.

– Et Bérangère ? dit Nouk qui préfère de loin les histoires aux théories.

– Elle est horrible, une féministe lesbienne, toutes les féministes sont lesbiennes, tu le sais, ça nous vient d'Amérique. Là-bas les femmes, avec leur absurde désir d'égalité, ont détruit la société et maintenant elles viennent se plaindre de leurs amants impuissants. Regarde la nature, nous sommes sur terre pour manger, dormir et baiser. N'est-ce pas simple et beau ? Comme les papillons et les ours.

Nouk devine que le plus gros défaut de Bérangère est d'avoir le même âge que Werther. Ce qui était charmant à vingt ans ou même à trente, ou même à trente-huit peut-être, ne l'est plus. Elle n'a pas su freiner à temps. Qui le pourrait ? (Je me souviens que ma mère s'est arrêtée de changer officiellement d'âge à trente-huit ans, ça allait avec la taille des vêtements : un 38 était souhaitable, et la pointure de chaussures, 38, comme tout le monde à l'époque.)

– Trêve de digressions sociologiques, même si les jeunes femmes font aisément du 39 aujourd'hui, Nouk n'a pas pu ne pas remarquer que les maîtresses de son patron sont beaucoup plus jeunes que lui. Mais elle ne discute pas. Est-ce qu'on discute au paradis ?

– Elle pourrait, non ?

– Non, elle ne peut pas.

Ces années-là, il fait tout le temps beau et chaud.

Werther et Nouk, quand ils ne vont pas à la piscine, vont au café.

Werther aime regarder les femmes qui passent.

Il regarde leurs fesses, le mouvement de leurs fesses, comme Nouk regarde les vagues ou le feu. D'une manière addictive.

– Tous les hommes font cela, se moque Werther devant l'air choqué de Nouk. Tu as vécu où jusqu'ici ? On dirait une bonne sœur juive. Tu as une mentalité de nonne. Vous les juives, vous êtes tellement coincées. D'où ça vous vient ? Le boulot qu'il y a pour vous ramener à la vie !

Ce n'est pas un compliment.

– Tu ne devrais plus porter du noir, recommande Werther

qui se mêle aussi de l'apparence de ses ouailles. Jette-moi tout ça. À la poubelle les petites robes noires, les pulls noirs, les collants noirs. Mets du beige. Comme moi. C'est parfait, le beige. Du marron glacé. Idéal, le marron. Du bleu clair.

Il soupire, se tait un moment, regarde les femmes qui filent comme des voiliers dans l'avenue.

– Les femmes ne se rendent pas compte.

Je me demande de quoi elles, de quoi nous ne nous rendons pas compte. J'attends, je surveille un moineau. Il y a tant de choses qui nous échappent.

– Tu vois celle-là ? Elle ne sait pas qu'elle a les jambes bleues. Les veines font d'horribles nœuds bleus sur les jambes des femmes de plus de quarante ans. Regarde-la ! Elle marche en se prenant pour une mannequin alors qu'elle est affreuse.

Le ricanement de Werther.

Les jambes bleues des femmes, Nouk va y penser tout le temps désormais, avec effroi. Avant de rencontrer Werther, elle n'était pas au courant de cette malédiction.

Qui se regarde de dos ? Pas elle.

– Mais dis-moi, les hommes n'ont-ils pas, eux aussi, ce petit problème veineux ?

– Je ne sais pas. C'est différent, certainement.

Les jours passent, vibrants comme des clochettes de muguet.

Ils vont ce jour-là pique-niquer au parc. Werther adore regarder les joueurs de tennis courir sur la terre battue et monter au filet. Clop clop clop font les balles jaunes sur la terre rouge du court. Et ce bruit régulier agit comme un enchantement.

Les merles chantent, les perruches vertes font les imbéciles, les pies et les corbeaux paradent sur les pelouses lisses. Les mouettes se prennent pour des vaches au pré. Les étourneaux se posent sur les bras des fauteuils peints en vert. Passent les hirondelles. Les moineaux, tels de petits artistes werthériens, mendient des miettes de sandwich. Les feuilles argentées des hêtres crissent au vent.

Un couple de colverts apparaît. Le mâle marche devant, dans un dandinement noble et glorieux. La femelle suit modestement. Werther jubile. Qu'avons-nous de plus que des canards ?

– Parle-moi d'Isabelle, dit Nouk, un peu lassée des cours d'éthologie.

– Il n'y a rien à dire sur Isabelle, réplique Werther.

Isabelle fascine Nouk d'autant plus. Elle ressemble à un écureuil et à une femme fatale. Un écureuil fatal. Elle écrit des histoires pour enfants, travaille comme maquettiste et fait merveilleusement la cuisine d'après ceux qui ont été dîner chez elle.

Elle a l'air tranquille et de s'ennuyer un peu.

Nouk les a observés plus d'une fois, elle et Werther, marchant dans les rues à la nuit tombée. Il est grand, elle est toute petite. Elle les trouve gracieux.

Des légendes urbaines courent sur Isabelle, augmentant son mystère et son charme. On dit qu'elle a fait faire un moulage en chocolat au lait de son corps nu. Ou en chocolat noir.

– La vache.

Tiens, une autre fois, Nouk a vu passer Werther sur le boulevard avec la maîtresse numéro un. Ils couraient en se tenant par la main et ils semblaient voler. C'était vraiment joli et un peu crève-cœur.

Nouk rêvasse. Clop clop clop font les balles de tennis. Un bruit tellement cinématographique.

– Parle-moi de Magnus, alors, dit-elle, boudeuse.

Werther sursaute, comme si une des guêpes qui tournicotent autour d'eux l'avait piqué.

– Quel Magnus ?

– Tu sais bien, celui de mon bureau.

– C'était un fou, il faut être fou, non, pour faire ce qu'il a fait ? Il n'y a rien à dire sur lui. Un fou.

Et les voici qui se taisent un moment.

Clop clop clop, c'est un beau match.

– Tes chaussures, c'est n'importe quoi, dit soudain Werther en fixant les pieds de Nouk couverts de la poussière du parc. Regarde tes talons, il n'y en a plus. Il faut que je t'en achète.

Ils parlent chaussures. Nouk se fiche des chaussures.

– Très important, les chaussures. Elles doivent être soignées, élégantes, toute l'élégance d'une femme est dans ses souliers.

Ils regardent les vitrines des chausseurs. Ils entrent dans une boutique comme Nouk n'en a jamais vu. Des étagères blanches, des tabourets noirs. Des photos en noir et blanc. Et très peu de chaussures. Une dizaine de paires en tout. Présentées comme des bijoux.

Elle essaie des escarpins, elle pense : J'enfile des pantoufles de vair.

Oui : Werther offre à Nouk des chaussures chics.

Berg ne s'en aperçoit pas. Il est à Marseille. Il surveille Nouk par téléphone, prend des nouvelles des enfants, lui fait des scènes de ménage de plus en plus violentes, chaque week-end, traque des indices et des odeurs, mais ne sait plus rien de sa vie.

Les petites filles s'en foutent. Elles grandissent sans se méfier des pièges que leur prépare le monde. Elles rient tout le temps.

Au bureau, en revanche, tout le monde les voit, les chaussures rouges aux semelles rouges de chez Louboutoutou.

Madodo la standardiste lui transmet désormais les appels en faisant des commentaires acides.

– Je te passe quelqu'un. Désolée, c'est pas Werther.

Cathy Caille chantonne des chansons qui évoquent diverses tapineuses.

Siegfried, le maquettiste qui ressemble à un ours chauve en sandales, boude.

De ce côté du monde, les patrons, les propriétaires du Prieuré, Guy Suchard et son cousin, Marcel Prat, ferment les yeux, mais ils sont mécontents et elle le sait. Ils trouvent qu'elle prend ses aises, qu'elle n'est pas sérieuse.

– Vous voulez un transat dans votre bureau ? lui a demandé Prat un jour.

Un transat. Pour quoi faire ? Elle s'en fiche complètement. Elle est une femme libre au paradis. Elle sait que cela durera toujours.

– Quelle erreur.

En attendant, Werther l'entraîne dans ses cachettes. Il passe la prendre dans son bureau, se moque de son cahier à spirale, de ses piles soigneuses de manuscrits titrés au gros marqueur noir, et de sa manie de tout ranger avant de sortir. Il se moque de sa passion pour la muraille de briques rouges qu'elle contemple sans se lasser. Il se moque de ses trucs de fille, du petit hérisson en plomb qui trône sur la table, d'un dessin d'enfant scotché au mur. Accrochée à la lampe, une marionnette en tissu, avec un petit nez rond, se balance.

– Tes bébés t'occupent autant que mes maîtresses, remarque-t-il.

Il l'emmène dans des endroits inouïs. Un escalier niché à l'intérieur d'une boutique de vêtements conduit à quelques tables. On se faufile derrière les cintres, on descend une volée de marches et on se retrouve à l'intérieur d'un minuscule restaurant japonais, avec six tables en plexiglas, douze chaises en bois, du thé vert à volonté.

Nouk est émerveillée.

– Tu dois manger plus de poisson grillé, dit Werther. Les Français se nourrissent n'importe comment. Lam, deux daurades grillées, s'il te plaît, avec deux bols de riz et deux thés.

– Arrête de m'appeler les Français, dit Nouk.

Mais l'endroit qu'elle préfère, surtout l'hiver, c'est une banquette derrière le four à pizza d'une trattoria. La patronne est gentille et féroce, le patron énigmatique, une sorte d'immense bébé brun.

– Prends des endives, dit Werther. Deux salades d'endives, prego, Giorgio. Aujourd'hui, on parle travail. On parle cuisine. La fiction sans roman, tu vois, c'est le contraire du roman sans fiction.

Elle voit. Elle voit à peu près. Cela lui rappelle ses cours de l'ENS.

– L'exafiction s'oppose à l'exofiction, reprend-il. Tu vois ?

– Oui, dit-elle en renversant son verre d'eau dans les endives.

– Disons que le documentaire social – qui est bien – s'oppose à l'autofiction féminine qui n'intéresse personne, sauf à certaines époques pas très glorieuses. De *La Princesse de Clèves* aux Mémoires de Diana et autres sucreries pornosoft.

– Tu exagères un peu, non ?

– Nos concurrents ne savent pas ce qu'aiment les gens. Ils ne savent que faire du name-dropping.

– Du name quoi ?

– Ils croient au marketing des stars. Au star-system. Des trucs prétentieux. Les stars et les scandales. Nous, on mise sur les histoires, les vraies histoires, celles des gens du peuple, ceux qui n'ont pas la parole.

Nouk tente de poser des questions littéraires, mais elle sent qu'elle l'agace avec ses réserves, ses références poétiques de bourgeoise prétentieuse.

Werther a des tas de théories sur tout. Il connaît les histoires qui intéressent les gens et qui sont exactement celles qui l'intéressent, lui. Il est convaincu que les gens détestent le fantastique. Comme lui.

– Tu n'as qu'à me faire confiance, et tout ira bien, dit-il. Faire confiance, c'est simple comme préparer des très bonnes pâtes avec la meilleure sauce du monde.

Faire confiance, Nouk pense à Marguerite Duras. Devant sa salade d'endives, elle cite vaillamment son écrivaine préférée :

On part avec une méfiance de soi, avec une culpabilité, on part avec de petits bagages de quatre sous, on ne part pas dans la liberté. Il faut se faire confiance. Vous faites bien confiance aux autres. Moi je me fais confiance comme à une autre. Je me fais complètement confiance. Cette confiance en soi qu'elle a mis si longtemps à conquérir, Marguerite Duras en fait une valeur centrale, comme le courage, et l'absence de peur du ridicule, récite[1]-t-elle fièrement.

(Elle n'a pas encore réussi à faire siens ces principes précieux. Même si elle a l'audace de les énoncer devant Werther.)

1. J'écris : récite, et non : déclare, car elle ne sait pas encore faire ceci : une déclaration.

– Elle aurait mieux fait d'avoir peur du ridicule, dit Werther en faisant sa grimace de saurien. Depuis *Un barrage contre le Pacifique*, elle n'a rien fait de bien, à mon avis.

Nouk ne dit pas à Werther que dans certains domaines, son avis n'est rien de plus qu'un cliché. Elle est trop polie, trop craintive aussi.

Elle est si heureuse qu'il la laisse suivre ses intuitions. Elle n'envisage pas une seconde d'abîmer son bonheur tout neuf.

Il la laisse libre. Vraiment. Complètement.

Elle travaille comme elle n'a jamais travaillé, alors les lieux communs sur Marguerite Duras, cela n'a aucune importance.

Ce devrait être pourtant un petit signal.

Dans la mauvaise moitié du monde, dans le couloir gris, ses chaussures rouges à semelles rouges claquent, le téléphone sonne, les manuscrits affluent, de nouvelles écrivaines apparaissent, de nouveaux écrivains. Le soleil brille.

– Tu vois, dit Werther, ça roule !

Pour le moment, il s'amuse, il ne se sent pas du tout menacé, il est content. C'est le temps du Grand Jeu.

Ils se téléphonent d'un bureau à l'autre.

– Viens. Je veux te montrer un truc.

Nouk déboule dans le bureau-capharnaüm. Elle attend en regardant une nouvelle œuvre d'art posée contre le mur : un énorme pneu crevé clouté de bouts de métal argenté et de tessons de verre de couleur. Plusieurs soldats de plomb minuscules escaladent le pneu.

Werther finit de roucouler au téléphone avec la maîtresse numéro un ou la maîtresse numéro deux (c'est difficile à deviner).

Il raccroche.

– Tu aimes mon pneu ?

– Je ne sais pas, oui, c'est pas mal. On dirait un extra-terrestre.

Il a l'air soucieux. Une ride profonde barre son front.

– Tu peux lire cette lettre pour moi ?

Sur un coin du bureau, une pile de lettres semblables non décachetées, une vingtaine probablement.

Elle ouvre avec soin une jolie enveloppe en papier vergé ivoire, qui vient du Japon. La lettre est adorable, pleine d'amour et de chagrin. *Tu me manques. Tu es mon lion chéri.* Ornée de petits dessins ravissants.

Nouk est gênée.

– Elle veut venir, c'est ça ? dit Werther d'une voix fâchée et inquiète.

– Oui.

– Elle arrive bientôt ?

– Oui.

– Les femmes, soupire-t-il. Tout était tellement parfait. Et c'est foutu. Qu'est-ce que je vais faire d'elle ? Tu as une idée de ce que je vais faire d'elle ? Il faut que je rompe tout de suite. Mais pourquoi veulent-elles toujours venir s'installer ici ?

Nouk ne sait pas quoi répondre.

Le Japon, il y va plusieurs fois par an. Le catalogue est désormais rempli de romans japonais. J'adore faire des affaires avec des amies, dit toujours Werther avec satisfaction.

Il lui raconte les voyages en train vers Osaka ou Fukuoka, les bains collectifs, les petits gâteaux au matcha, les rues sans nom, les poules et les canards, la cérémonie du thé, les carpes koï, les auberges au bord de la mer. Nouk peut presque sentir les odeurs d'algues et de varech de ce monde marin, vert et bleu.

– Les femmes japonaises sont tout ce que vous n'êtes plus.

– Le seul ennui, c'est qu'elles tombent amoureuses et débarquent à Paris.

– Les folles.

Le téléphone sonne. Il est midi.

– Tu peux monter chez moi ? Prends ton maillot, aussi.

J'ouvre le placard, je sors mon sac de piscine, je monte au sixième.

Je n'aime pas aller chez Werther, pourtant sa tanière, au-dessus des bureaux du Prieuré, est lumineuse et sa terrasse magnifique, un vrai jardin plein de rhododendrons et de camélias, de buissons d'aubépine et de rosiers.

Tout est impersonnel, ici, le lit, les placards remplis de chemises identiques, de polos identiques, de pantalons interchangeables, de dizaines de paires de chaussettes en laine.

Tout est impersonnel et fonctionnel, la table ronde en formica orange, les quatre chaises assorties, le canapé minimaliste. Chaque fois que je suis invitée, sitôt installée, je ne songe qu'à m'enfuir, je suis hantée par l'atmosphère de vieux garçon qui règne dans ces lieux. Une odeur indéfinissable, affreusement triste.

Dans la cuisine, je trouve une jeune Japonaise qui a l'air aussi mal à l'aise que moi. Elle tourne une cuiller minuscule dans une tasse en regardant ses petits pieds.

– Nouk, je te présente Yumi. Je lui ai expliqué qu'on l'emmenait à la piscine, dit Werther. Allez, en route.

Il est pressé d'y être. Pressé de retrouver son couloir de nage. Pressé de nous laisser nous dépatouiller toutes seules.

Il plonge après m'avoir embrassée sur les lèvres, et me voici furieuse.

Nous, nous nous tenons au bord de l'eau, ne sachant quoi nous dire. Deux petits singes se tâtent la figure.

Je souris à Yumi et je plonge à mon tour. Elle reste là, son visage est si malheureux que les larmes me montent aux yeux.

Le lendemain, nous prenons un café au Nemrod.

– Yumi repart tout à l'heure, dit Werther, serein. Elle a trouvé que tu étais une épouse patiente, elle a dit une très bonne épouse, sois fière, et elle n'a pas voulu s'imposer. Elle n'avait pas compris que nous étions mariés.

Quelque chose se fissure légèrement dans mon cœur.

Une fissure minuscule. Une trahison. J'ai honte. J'ai un sale goût de honte dans la bouche.

C'est la première fois depuis que je travaille au Prieuré.

Mon malaise se dissipe vite, tant la vie au bureau est devenue amusante. Les deux directeurs me sourient davantage car les chiffres, comme ils disent, sont excellents en ce moment, des progressions inédites. Je fais la modeste, sans effort aucun, car je les écoute à peine.

Suchard me reçoit dans son vaste bureau aux panneaux de bois décorés des innombrables récompenses reçues au cours de sa vie. Il est soupe au lait, sanguin, gourmand et sentimental. Le genre de gros bébé qu'engendrent les dynasties qui n'y prennent pas garde. Ensuite, à la génération d'après, si la dynastie n'a pas sombré, l'héritier est un tueur.

Mais pour le moment, l'héritier en titre éprouve une ronde satisfaction à être lui-même. Il se présente toujours de la même façon, une phrase qui l'enivre et fait monter un joli rose à ses joues : Bonjour, quel plaisir de vous rencontrer ! Je suis Guy Suchard. Suchard, oui, comme les rochers !

C'est un homme de la province, un notable tranquille. Ses mocassins, ses pantalons beiges, ses chemises Lacoste, ses blazers bleus, son Burberry et son chapeau mou pour quand il pleut, son loden matelassé pour l'hiver, tout est parfait.

M'ayant fait asseoir très civilement dans un fauteuil un peu bancal, il caresse de son index la courbe des ventes. Il ne me regarde pas, il regarde sa main.

– Il est timide ?

– Non, je ne crois pas. Disons qu'il est mal à l'aise avec

les femmes qui ne sont ni de sa famille ni des subordonnées. Et puis, tais-toi, il parle.

– Nous nous demandons souvent avec Marcel – tu te souviens, c'est son cousin, l'homme de l'ombre qui s'occupe de la manutention, des hangars, des salaires –, nous nous demandons comment vous faites, c'est formidable, ces résultats, alors que vous n'avez pas l'air de vous donner beaucoup de mal ! On vous voit plus souvent dans les cafés alentour qu'assise dans votre beau bureau ! Vous imitez votre maître, ma parole ! Ce Werther, un vrai gourou. Mais plus 15 % ! Vous le battez sur son terrain, méfiez-vous, il ne va pas tarder à vous tendre quelques chausse-trapes. 15 % chaque mois avec une régularité d'horloge, nous n'avons jamais vu cela et nous sommes ravis. Les actionnaires veulent vous rencontrer. Continuez, continuez, ne faites pas de bruit, la discrétion est la clé de notre succès, pas de vantardise, pas de tribunes, pas de tapage médiatique, pas de scandales, surtout, je sais que vous avez appris la gagne chez Olaf, mais ici c'est différent et vous l'avez compris.

– Je suis très contente que tout le monde soit content, dis-je, un peu étonnée par ces compliments aigres-doux et par ce qu'ils disent d'un monde qui m'est tout à fait inconnu, « la gagne », c'est un peu vulgaire, pour un patron et ses actionnaires.

Suchard me convoque de nouveau le lendemain pour me montrer une autre courbe coloriée de toute beauté.

– Bravo, mademoiselle ! Les bibliothèques et les

médiathèques vous devront beaucoup ! Les libraires sont enchantés. Et notre groupe encore plus !

Je fais la modeste une fois encore, sans effort aucun.

– Plus 15 %, oui. Mais de si peu de choses, dis-je.

– Ce n'est pas la bonne réponse ?

– Non, cela l'agace un peu. De quoi je me mêle ?

– Vous voudriez qu'on vous donne les vrais chiffres, pendant qu'on y est ? (Donner de vrais chiffres à une femme qui n'est pas de la famille, et puis quoi encore ?)

Je ne demande rien de pareil. Je m'amuse trop dans mon bac à sable. Mes châteaux en Espagne me suffisent : des châteaux de livres que j'aurais aimé lire, des livres qui montrent comme la vie est amusante, stupéfiante, innombrable, et qu'il n'y a aucune raison d'avoir peur.

À la maison, la vie en question se crispe en revanche encore davantage.

Berg me traque. Il est sûr et certain que j'ai un amant. Il le cherche partout. Il confie le soin de m'espionner à un ami. Il arrive que je me réfugie, le cœur battant, dans une église pour le semer.

Werther auprès de qui je me lamente me donne des conseils.

– Prends vraiment un amant, miss Quinze Pour Cent, c'est la seule solution. Mais pas un de ces garçons coiffeurs que vous adorez, vous les filles, pas un joli cœur, pas un type de ton milieu, pas un fonctionnaire de la culture, aucun intérêt. Prends un garçon boucher. Je peux t'en présenter un. Un peu de tourisme social, ça te fera du bien.

– Tu crois ? dis-je.

– Tu ne vas pas le faire ?

– Bien sûr que si.

Parfois Werther me sidère. Ainsi, nous nous entassons tous les quatre, les deux patrons, lui et moi, dans une petite voiture pour aller à la foire du livre. C'est gai.

Mais sur notre route, une manifestation d'étudiants bloque le passage. Nous roulons doucement. Soudain, une vingtaine de manifestants entourent la voiture et commencent à la secouer. Assis à côté de moi sur la banquette arrière, Werther devient très pâle, je sens ses mains trembler, je découvre avec étonnement qu'il a peur. Il a la voix étranglée par la panique.

– Il faut s'en aller, dit-il. Ils vont nous casser la figure.

Je le rassure, pourquoi feraient-ils cela ? On ne risque absolument rien, le service d'ordre va interrompre ce petit jeu. En effet, une rangée de gros bras avec brassard rouge s'approche et gronde nos agresseurs, qui s'éparpillent.

– Les étudiants français sont fous, grogne Werther.

Je ris. Je ne parviens pas à avoir peur de manifestants. J'ai peur des CRS, des gardes mobiles, des voltigeurs qui ont tué Malik Oussekine au bas de la rue Monsieur-le-Prince, j'ai peur des flics, mais je ne crains pas les manifestants.

Werther, lui, a peur de tout, je m'en rends compte peu à

peu, moi qui n'ai jamais mis en doute le courage masculin. Chacun ses lieux communs.

On arrive à la foire, je réalise une fois de plus combien je déteste ce genre d'événement. Je me dissimule dans un recoin un peu sombre, le long des étagères remplies de livres.

Les patrons accueillent les invités, comme dans une garden-party sous chapiteau, un verre à la main, Comment allez-vous, cher ami ? C'est un théâtre, avec révérences et salutations, rires un peu hauts, ronds de jambes. J'aperçois un tas de gens que je crains. J'ai peur de leur malveillance, de leurs ondes maléfiques, de leurs réclamations. J'ai peur des mots qui sortent de leurs bouches, j'en éprouve l'hypocrisie d'une manière douloureuse. J'ai peur qu'ils ne me renversent leur coupe de champagne sur les pieds. Ou pire.

Les journalistes, les écrivaines de tous âges, les traductrices, les bibliothécaires entourent Werther. Ils s'appellent par leurs prénoms, Bonjour, Ernestine, Bonjour, chère Marie-Martine, il y a de l'adoration dans l'air.

La patronne de la foire est une femme énergique et drôle, une militante infatigable (est-ce que c'est possible, une militante fatiguée ?), sa jumelle ne la quitte pas d'une semelle, militante aussi, aux petits soins pour sa sœur. J'ai l'impression qu'elle est son esclave. L'autre l'a dévorée. J'écoute leurs intonations canailles, leurs rires impossibles à distinguer. Elles couvent Werther des yeux. Elles sont beaucoup trop âgées pour lui, mais il n'en laisse rien paraître.

Chapitre 13

Intermezzo

Les choses finissent comme elles ont commencé, ai-je dit, les choses finissent toujours par ressembler à la manière dont elles ont commencé.

J'en ai fait l'expérience si souvent que je m'étonne de ne pas en avoir encore tiré les enseignements.

Admettons qu'on n'apprenne jamais rien, c'est ce que pensait Max, mon grand-père. (Je ne suis pas d'accord du tout avec Max sur ce point : bien sûr qu'on apprend de ses erreurs. Mais trop tard, simplement.) Deuxième énigme : comment se fait-il que les personnes que nous aimons le mieux nous restent étrangères et pensent si différemment de nous ?

Les petites filles ont grandi. Ce livre n'est pas le leur, je ne raconte pas leur vie, je passe sous silence leurs innombrables aventures, mais elles sont là, invisibles.

J'ai arrangé un nid pour les accueillir. Elles viennent souvent dessiner dans mon bureau, elles apportent leurs cahiers et leurs livres. Elles s'allongent sur la moquette rase et demandent un coussin. Je les vois moins qu'avant.

J'ai quitté Berg un soir d'hiver au milieu des cris.

Je suis partie, comme d'habitude, avec une petite boîte en carton. Je lui ai tout laissé. Les livres, les meubles, les souvenirs. J'aime l'idée de n'être pas alourdie, et puis on oublie vite quand la mémoire n'est pas ravivée par des objets. Il neigeait, une fois de plus. En cette veille de Noël, j'avais le sentiment, errant dans les rues noires et hostiles, d'être la petite marchande d'allumettes.

– Tu finiras dans le caniveau, a hurlé Berg, dans une ultime malédiction. Tu ne peux pas t'en sortir sans moi, a-t-il crié.

Je marche dans les rues, je ne sais où aller, je n'ai pas encore la clé du studio que j'ai loué.

Je sonne chez Werther et il est là et il m'accueille, me donne une serviette pour sécher mes cheveux trempés.

Pour me consoler – et aussi parce que toute chose qui arrive à un autre être humain le ramène fortement à lui-même –, il me raconte quelques-unes de ses ruptures. Il est tard, je suis triste, j'aimerais mieux qu'il mette de la musique.

– Tu ne mettrais pas un disque ? De la musique classique, j'aimerais écouter une cantate.

– Pas de musique ici, tu sais bien que je n'en écoute jamais.

Pas de musique, pas de cinéma, pas d'opéra. J'avais oublié comme la vie selon lui doit être dépouillée de tout divertissement. Est-ce que les oies sauvages vont au théâtre ?

Je suis assise en tailleur sur son lit, enveloppée dans une couverture à carreaux qui gratte, j'ai froid. Je tiens entre mes mains glacées un bol de tisane. J'entends d'un peu loin Werther parler d'une fille complètement folle.

– Elle me harcelait, je la trouvais allongée devant ma porte, elle me téléphonait jour et nuit. Elle se cachait sous la table de mon bureau. Elle me guettait partout. Je lui ai dit que c'était fini. J'étais obligé. Isabelle commençait à se douter de quelque chose, et Magali aussi. Une nuit, elle m'a appelé, elle était dans sa baignoire, elle m'a dit de venir, elle s'était ouvert les veines.

J'ai eu envie de vomir, j'ai tiré la couverture à deux mains pour couvrir mon nez et ma bouche.

– Elle est morte ?

– Le SAMU est arrivé en même temps que moi. Ils l'ont emmenée, je suis resté pour nettoyer.

Selon Werther, les folles courent les rues et elles ne sont pas toujours faciles à repérer. Elles ont souvent un petit charme spécial qui attire les séducteurs.

Marina n'est pas morte cette nuit-là, mais elle a recommencé, et cette fois, personne n'est venu.

– Parfois on ne peut rien pour quelqu'un, dit Werther.

Souvent même. Ouais. Il réfléchit. Presque toujours. On ne peut jamais rien pour personne, au fond.

Sur ces douces paroles, je m'endors.

Chapitre 14

Petits signes précurseurs de tempêtes futures

Le temps passe. Nouk ne voit pas les feuilles tomber, ni ses enfants grandir. Elle ne voit pas la peinture qui s'écaille, les impôts qui augmentent, ni les gens qui vieillissent. Elle ne connaît plus les noms des chanteurs à la mode. De nouvelles têtes apparaissent partout. Elle n'y prend pas garde.

Publier de nouveaux livres, rencontrer de nouveaux écrivains, les défendre, leur apprendre ce qu'elle sait, jouer avec ses amies et écrivaines et complices, écrire des histoires qui font rire et qui font pleurer, rédiger des catalogues, se battre contre divers moulins, tout ce bonheur l'empêche d'éprouver dans son cœur que les temps changent.

On change de millénaire.

On change vraiment de millénaire.

Elle ne s'en rend même pas compte. À ses yeux, ce ne sont

que des chiffres arbitraires. D'ailleurs pour nous les Juifs, pas de changement. On est en 5760.

Cependant, le Prieuré et son annexe, l'Atelier, s'agrandissent, le succès donne des forces. On embauche. On se muscle.

Le maquettiste en sandales, avec son éternel coton qui dépasse de l'oreille, a été remplacé par un autre, un jeune type à joues rondes qui charme tout le monde. Ce jeune type joufflu a plein d'idées, un tas de projets, une énergie solaire, et il pique assez vite à Werther sa meuf numéro deux, Magali. Tout le monde le croyait gay, eh bien non, il ne l'est pas. Du moins pas seulement. Un grand amour, ça peut arriver. Des âmes sœurs. Ça arrive, de rencontrer l'âme sœur. C'est ce qu'il plaide. Il ne dit rien sur la différence d'âge entre Magali et son ancien amant. Il manque de le dire et Werther l'entend.

– Âmes sœurs, et puis quoi encore, grimace-t-il.

On ne rit plus. Plus du tout.

Le jeune type est viré. En une minute.

Il s'en va immédiatement.

– Tu prends ta veste et tu disparais.

Sa Magali disparaît avec lui.

Werther le libertin gravit une sorte de chemin de croix. Son chagrin pétrifie le Prieuré et plonge l'Atelier dans une détresse inattendue. Je ne sais pas si on peut nommer cela chagrin d'amour, plutôt tremblement de terre. Tsunami. Oui, le temps des tsunamis est là. Ce nouveau millénaire s'annonce riche en grands vents et en vagues géantes.

Plus jamais il n'y aura de jeunes types embauchés à l'Atelier. Il est désormais interdit de prononcer leurs noms, à Magali et lui, ou de répéter certains mots que le garçon joufflu affectionnait. Il ne faut plus jamais dire « C'est magique » devant Werther. Il pourrait se transformer en dragon ou en chenille urticante.

Le mot *magique* est emporté au loin, très loin du Prieuré et de son annexe, l'Atelier. Malheureusement un peu de magie du Prieuré s'éloigne et disparaît avec lui.

Nouk ne pense même pas à reprocher à Werther ses manières peu syndicales, cette violence pas du tout symbolique. Elle se réveille pourtant au milieu de la nuit avec un vieux poème qui trotte dans sa tête. Le vieux poème est sorti d'un bout de rêve sinistre, il lui semble qu'il s'est imprimé sur son mur de briques en lettres invisibles.

Quand ils sont venus chercher les communistes,
Je n'ai rien dit ;
Je n'étais pas communiste.

Quand ils sont venus chercher les syndicalistes,
Je n'ai rien dit ;
Je n'étais pas syndicaliste.

Quand ils sont venus chercher les Juifs,
Je n'ai rien dit ;
Je n'étais pas juif.

Quand ils sont venus chercher les catholiques,
Je n'ai rien dit ;
Je n'étais pas catholique.

Puis ils sont venus me chercher,
Et il ne restait plus personne pour protester.

Je dois dire son fait à Werther, décide-t-elle. Je dois absolument lui dire combien je suis en désaccord avec lui. Pour la deuxième fois, la honte la submerge.

Mais elle ne fait rien. Tant pis pour elle.

Chapitre 15

Bullshit jobs, bullshit people

Pendant ce temps, on continue d'embaucher à l'Atelier, on continue d'embaucher au Prieuré. Prat et Suchard font passer des entretiens.

Les yeux de Guy Suchard brillent, il adore ces moments trop rares où il peut, en tout bien tout honneur et sans craindre d'être moqué, raconter sa vie. Les candidates sont patientes, elles savent bien que les vieux bonshommes, ça adore se vanter. Mansplaining à grande échelle.

Il adore faire sa blague : Bonjour, mademoiselle, je me présente, Guy Suchard, comme les rochers.

Il est l'auteur d'une variante plus moderne pas mal non plus : Bonjour, mademoiselle, je me présente, Guy Suchard, comme les sushis.

La plupart des recrues – pas de garçons désormais, plus jamais ça – sont des apprenties commerciales ou des communicantes ou les deux. Elles rient de bon cœur. Il y en a qui acceptent même que Suchard leur fasse la cour, qui acceptent de traîner au bureau après 18 heures dans leurs plus jolis atours. Quel mal à cela ? La compétition fait rage pour le poste de favorite.

– Quelles salopes, grogne Werther. Ah c'est facile d'influencer les gens avec ce genre d'argument.

Ça l'abat, ce manque de morale des femmes. Elles sont prêtes à tout pour exercer leur petit pouvoir, c'est ignoble. Mais il se ressaisit. Et le triumvirat décide de célébrer la nouvelle donne organisationnelle, comme ils disent, au cours d'une assemblée générale du personnel. C'est un événement considérable, dans une entreprise où il s'en passe fort peu.

– Il faut que tout change pour que rien ne change, scande Werther, debout sur une petite tribune faite de palettes retournées. Nouveau millénaire oblige !

Il parle pendant trois heures. Un récit-fleuve qui remonte aux grottes préhistoriques et à leurs aurochs, aux imprimeurs du temps de Gutenberg, au rôle des sous-marins durant la Seconde Guerre mondiale, et se clôt par une péroraison sur le naufrage du *Titanic*, avec le personnage de Kate Winslet, et sur le naufrage de la Sicile, avec le personnage d'Alain Delon dans *Le Guépard*.

Tout le monde est rassemblé dans une grande salle. Tout le monde est debout dans un silence lourd de menaces. Les mots crise, groupe, licenciements, diffusion, modernisation, subprimes, rachats, actions, distribution, retour sur investissement, les mots segmentation, marketing, sous-produits, chaînon supplémentaire, hic et nunc, complexité, emballages, promotion, octets, flottent au-dessus de nos têtes, enchâssés dans le récit fleuri de Werther.

Il se prend, se dit Nouk, pour Don Fabrizio, prince de Salina, comme c'est touchant. Don Fabrizio et l'industrialisation de l'édition.

Sous l'arbre sacré et ses pétales immenses conçu autrefois par Bérangère, une certaine Mathurine réorganise désormais aux côtés de Werther le deuxième millénaire au Prieuré et à l'Atelier.

Nouk ne se méfie pas. Au début même, cela l'excite, ces chamboulements. S'il pouvait en sortir une renaissance des anciens temps si gais, si rigolos. Un nouvel élan, une nouvelle liberté.

Et puis un jour, elle prend peur.

Voici le témoignage de l'une de ses amies, horrifiée aujourd'hui par le tour qu'ont pris alors les événements.

– Je me souviens, dit cette personne qui souhaite garder l'anonymat, je me souviens que nous nous promenions dans le parc quand Nouk s'est mise à trembler. Nous nous sommes assises devant un immense hêtre rouge bicentenaire, les tilleuls embaumaient, des oiseaux chantaient, le ciel était ravissant, les abeilles faisaient leur boulot d'abeilles avec grâce, le manège tournait, un enfant courait après un merle sur une pelouse remplie de pâquerettes, une petite fille sautait à la corde en chantant une comptine ancienne, mais la douceur de l'air ne pouvait rien contre le chagrin de mon amie.

– C'est étrange, lui dis-je, vos mots sont ceux de Nouk. J'ai l'impression de l'entendre parler.

Elle rit avec un peu d'amertume.

– Ce sont ses mots en effet. Il me semblait préférable de vous faire entendre ses propres mots avec exactitude. Ce ton si triste. D'une tristesse acharnée.

Dorénavant tout est organisé autour de Mathurine, m'a raconté Nouk. Quand je dis tout, c'est vraiment tout. Elle se mêle de tout, des affaires les plus personnelles des uns et des autres jusqu'aux réunions les plus administratives. Elle contrôle l'entrée de l'Atelier, et les allées et venues de Werther. Elle a profité de l'instabilité créée par le tsunami.

L'amie dont nous tairons le nom s'est interrompue, elle revit la scène : Nouk a du mal à respirer, elle se frotte les doigts avec le pouce, elle tire sur ses cheveux et cligne de l'œil gauche où l'éclatement d'un capillaire répand une flaque rouge. Elle parle de plus en plus vite, je ne comprends pas tout, mais je comprends une chose : elle est obsédée par Mathurine.

– Son foutu autoritarisme est maquillé en efficacité, a poursuivi Nouk. On dit qu'elle vient d'une famille de militaires, c'est probable. Elle doit avoir des ancêtres concierges aussi, sans vouloir offenser cette honorable profession. Mais surtout elle est de la famille des traîtres, tu comprends, ce qui n'est pas un métier. Sais-tu qu'un jour j'ai remarqué que mon téléphone ne sonnait plus jamais ? Elle avait convaincu tous mes amis et toutes mes relations de travail, les traductrices, les écrivains, les agentes, tous, qu'il ne fallait pas m'appeler. Jamais. Il ne fallait sous aucun prétexte me déranger.

Elle se sert de son air de fille pas compliquée, pas maquillée, pour mentir à grande échelle, elle se sert de ses origines modestes pour attendrir les gens, elle se sert de ses origines provinciales pour souligner sa complicité avec la direction, pour afficher sa méfiance envers les personnes originaires de la capitale, si corrompues. Les intellectuels de Saint-Germain-des-Prés responsables de tous les maux du monde.

Elle se sert de son culot sidérant pour fouiller dans les affaires des unes et des autres dès qu'elles ont le dos tourné, elle ne cesse de monter de minuscules complots, de scier les petites branches sur lesquelles ses rivales sont assises.

Tu ne peux pas savoir le nombre de choses dont elle s'occupe, ou plutôt dont elle fait semblant de s'occuper, dont elle fait croire qu'elle s'occupe.

Une armée de Post-it de toutes les couleurs orne son mur, truffe les livres, les piles de papiers. Le Post-it, symbole du travail bien fait, ou faussement fait.

Elle achète de nouveaux ordinateurs plus modernes, de grands écrans pour les maquettistes qui lui en sont reconnaissantes, il faut un nouvel informaticien, c'est un de ses amis, elle gère les factures de Werther, elle s'occupe de ses voyages, elle paie les correcteurs, elle contrôle les maquettes, elle choisit les illustrateurs, il lui faut des cocheurs de cases pour vérifier que les choses avancent. Comme les contremaîtres d'autrefois, mais en version numérique.

Elle prend des cafés avec les filles du couloir gris, elle déjeune vite fait avec la cheffe fabricante, elle passe voir Isabelle, tu sais, la compagne de Werther, quand celle-ci est déprimée, et elle l'est souvent, elle déjeune avec les auteurs, elle déjeune plusieurs fois par jour, je crois. Vite fait.

Son slogan c'est : T'inquiète, je m'en occupe !

Elle est une sorte de gendarme au carrefour, qui fait la circulation et se rend indispensable ou incontournable, a dit Nouk, à bout de souffle.

La petite fille qui jouait à la corde s'est approchée. On aurait dit la petite fille au volant peinte par Jean-Baptiste Chardin : calme et concentrée, douce et palpitante de vie. Un autre monde est possible, me suis-je dit. Elle nous regardait avec intensité.

Nouk ne la voyait pas. Elle a continué à parler d'une voix rauque.

– Un matin, je l'ai trouvée en train de téléphoner du bureau de Werther. Je l'ai entendue dire qu'elle était éditrice en chef. Editor-in-chief, cette idiote. Mais comment fait-elle pour s'occuper de tant de choses, alors qu'on a embauché dix personnes ?

– Ne t'inquiète pas, ai-je dit, elle ne peut rien contre toi. D'ailleurs ce n'est pas tout à fait sa faute, c'est notre époque, l'époque des bullshit jobs.

– Boule quoi ? a demandé Nouk, indignée par mon manque de loyauté à son égard.

Je l'ai entraînée devant une adorable statue de George Sand habillée en bergère. Nous étions bien, un rayon de soleil tardif jouait avec les feuilles des grands arbres, la pelouse étincelait, on avait envie de s'y rouler. La petite fille au volant s'était cachée derrière la statue. Je crois qu'elle nous espionnait.

J'ai repris :

– Imagine, c'est facile, une masse d'employés plus ou moins incompétents, plus ou moins motivés. Plus ou moins précarisés. On ne sauve pas des vies, disent-ils pour justifier leur indifférence. Ils sont obligés de faire les larbins, les larbines, pour rassurer leurs petits chefs qui, eux, rassurent leurs propres chefs. Dans un monde où la menace de l'insignifiance est chaque jour plus forte, il faut renvoyer aux chefs une image rassurante, et surtout plus grande que nature. Le larbin est un miroir grossissant qui apaise son employeur en lui donnant le sentiment d'exister. Seuls les chiffres rassurent. Et pendant ce temps, toujours plus de tableaux Excel à remplir, toujours plus de dossiers à faire, toujours plus d'intermédiaires à contrôler, plus d'assurances à garantir, plus de mails à envoyer et renvoyer indéfiniment. Toujours plus d'agacement lié à ces mails, ces innombrables messages à sens unique qui se croisent, désirables, indésirables, sans qu'on sache jamais sur quel ton les prononcer. Tu crois que c'est ce qui se passe partout, la vie par mails ? Tout devient abstrait, sauf les chiffres, sauf le pouvoir. On ne sauve pas des vies. Bullshit jobs, comme c'est vrai. Comme c'est moche.

Nouk ne m'écoutait pas. Comme elle avait tort. Elle pensait que ces généralités ne lui servaient à rien. Du bruit qu'on fait avec la bouche.

– Mathurine, a-t-elle dit. Sa force, c'est qu'elle ne sait rien faire par elle-même. Elle est une sorte de parasite. Un peu comme font les hommes politiques, elle fait faire le travail et s'approprie ensuite les résultats. Elle s'est construit une clientèle. Elle communique. C'est elle qui signe tout, la relecture des traductions, qu'elle ne relit pas, le suivi des corrections, qu'elle ne relit pas, les bons à tirer qu'elle envoie. Et elle peut se montrer menaçante devant qui se rebiffe. Les dix nouvelles sont à sa merci. Certaines lui sont même dévouées. Fières d'être emmenées à déjeuner à tour de rôle.

– Tu exagères, ai-je dit, en prenant Nouk par les épaules, doucement. Tu n'es pas en danger. Tout le monde sait ce que tu fais.

Elle a souri tristement. La fillette au volant avait disparu.

Chapitre 16

Une promenade avec Werther

Werther a surgi dans mon bureau, un edelweiss séché à la main et il l'a mis dans un vase bleu qui traîne depuis toujours sur la table.

– Voici un petit leontopodium, a-t-il dit gentiment. Un petit pied de lion pour une petite lionne en colère. Viens, on va se balader.

Sans réfléchir, j'ai attrapé mon imper et mon sac et nous sommes sortis. Il avait deux tickets serrés dans sa main droite. Il avait tout prévu. Nous avons pris un train improbable, poussiéreux et vieillot, qui nous a amenés dans une gare-jouet, avec deux grandes fenêtres entourées de briques rouges et une petite porte, exactement comme on les dessine à la maternelle. Des saules et des peupliers ondulaient, et plus loin on entendait chantonner un ruisseau.

J'ai éprouvé une légère nausée devant tant de paix.

– J'ai trouvé un bistrot pour déjeuner, a déclaré Werther.

J'ai protesté, inquiète.

– Personne ne sait où on est. S'il arrive quelque chose, comment le saurons-nous ?

– Tu as ton téléphone, a ricané celui qui n'en a jamais voulu.

Mais je ne l'avais pas.

Nous sommes entrés dans une vaste cour de ferme carrée. Le bruit sec des gravillons m'a fait battre le cœur. Pourquoi ? Le cérémonial, sans doute. Il y a dans le bruit des pas ou le crissement des pneus sur le gravier une solennité, quelque chose d'officiel.

Les murs étaient chaulés, les volets peints.

Des glycines pendaient d'énormes treilles. Un champ de pommiers s'étendait de l'autre côté du chemin. Plusieurs tables de jardin : un décor de théâtre. Deux ou trois poules faisaient de la figuration intelligente. On n'entendait aucun bruit, sinon le clop clop clop d'une partie de tennis en contrebas.

Cela prouvait qu'il y avait des humains quelque part.

– Tu as vu, il y a même un kiosque en fer forgé et une roseraie.

Werther était fier de sa trouvaille. Un pli du temps, on est dans un pli du temps, bien à l'abri, répétait-il.

– C'est plutôt une gloriette, ai-je dit. Ou une tonnelle.

– Comme tu veux, a-t-il répliqué sèchement.

Nous avons attendu longtemps et cela ajoutait au sentiment

indéfinissable de paradis perdu et de légère menace. J'ai ressenti de l'agacement, comme la victime du prestidigitateur qu'on a découpée en trois morceaux et qui aimerait bien passer à autre chose.

Le repas est arrivé soudain. C'était joli et drôle, des assiettes décorées, des légumes ravissants.

– Il faut rentrer maintenant, ai-je dit, Cendrillon de midi.

– Tu ne sauras jamais vivre, a rétorqué Werther en haussant les épaules. Le train est dans deux heures et moi j'ai à te parler.

Puis il s'est tu et a commencé à manger paisiblement, avec délicatesse, des confettis de crosne colorés qui ressemblaient à des Smarties, et des aubergines rôties piquetées de lardons et de féta.

Les silences de Werther peuvent être conséquents.

Je chipotais dans mes rondelles de poires naines, mes cubes de navet noir ornés de couronnes de lentilles corail, mes mini-betteraves jaunes à la bergamote, et mes minuscules salsifis en beignets, je massacrais les violettes et les pensées qui décoraient l'assiette.

– Sais-tu que des épinards ne peuvent pas pousser à côté de pommes de terre ? a demandé Werther au bout d'un moment assez long.

J'ai haussé les sourcils. À cet instant, un caillou caché dans une cuillerée de lentilles m'a arraché un petit cri. Que faut-il en penser ? me suis-je interrogée devant ce message dont il n'était pas facile de deviner s'il était de l'ordre de la simple information ou bien à charge symbolique ou métaphorique. Mais je m'étais cassé une dent. Peu de choses m'inquiètent autant. J'ai eu des étincelles devant les yeux, un malaise invisible, un vertige. Je ne voulais pas l'avouer à Werther. J'ai craché le bout d'ivoire sanglant dans ma main et l'ai enveloppé dans une serviette en papier que j'ai fourrée dans mon sac.

Werther était toujours concentré sur ses crosnes de toutes les couleurs.

– Ce cuisinier est un peintre qui s'ignore, a-t-il dit.

– C'est peut-être une cuisinière ?

– Ça m'étonnerait.

– Je voulais parler avec toi, a-t-il repris, tandis que je triturais ma gencive avec ma langue et tentais de mesurer l'ampleur des dégâts. Il semblerait que tu fasses peur à tout le monde.

– Moi ?

Je m'attendais à tout, sauf à ce genre d'attaque.

– Tu es trop bizarre. Je ne sais pas si tu t'en rends compte. Moi, je n'ai jamais eu peur de toi, tu le sais, mais la direction s'inquiète. Prat surtout.

– Depuis le temps, ils devraient être rassurés, non ?

– Ils sont contents des chiffres, tes chiffres comme tu dis, mais ce sont aussi les miens, je te le rappelle, et ils se demandent s'ils ne seraient pas encore meilleurs avec quelqu'un de moins… je veux dire de plus…

– Je ne comprends rien à ce que tu dis. Moins quoi, plus quoi ?

– Tu es élitiste, c'est cela qui les inquiète. Ils te trouvent élitiste. Intellectuelle. Parisienne. Trop. Trop de livres dans ton bureau. En plus il y a tes cheveux. Trop de livres et trop de cheveux, voilà leur pensée en deux mots. Sans parler de ta manière désinvolte de t'habiller, au mépris des convenances de la vie de bureau.

– Élitiste, moi ? Pas du tout. Absolument pas. Et d'abord, qu'est-ce qu'ils ont, mes cheveux ?

J'étais révoltée.

– Je prends un exemple, a dit Werther doucement. Le matin, après avoir posé ta petite veste noire sur le dossier de ta chaise, est-ce que tu passes dans tous les bureaux pour bavarder avec tes collègues ? Non. Tu ne le fais pas. Et tu as tort. On te trouve à la machine à café avec les autres à 11 h 30 ? Non. Et tu as tort. Tu partages la gamelle avec Madodo ? Avec Cathy Caille ? Avec Séverin à la fabrication ? Tu prends des nouvelles ? Tu évoques le match de la veille ? Jamais. Si je t'ai installée dans le couloir, c'était pour que tu deviennes leur amie. Mais les gestes de l'employée de bureau le matin, les petits mots qui ne veulent rien dire, mais qu'on dit par convenance, cela t'est tout à fait étranger.

– Tu sais très bien que je déteste cette démagogie. (Je pensais plus exactement que je ne pouvais pas le faire. Rien que de l'imaginer, ça me donnait mal au cœur.)

J'ai haussé le ton pour masquer ma mauvaise foi.

– Je parle quand j'en ai envie à des personnes qui ont envie de parler avec moi. Je ne suis pas en campagne électorale.

Tu veux que je serre des mains aussi ? Mais il arrive souvent qu'on rie avec Mélissa la documentaliste, ou avec Claude le manutentionnaire.

– Tu choisis bien mal les gens avec qui tu ris, a répliqué Werther. Suchard déteste Claude qui est anarchiste et ne se lave jamais. Quant à Mélissa, il la trouve braque et insolente. Elle se fera virer un jour ou l'autre. Tu n'as pas remarqué qu'on lui enlève petit à petit toutes ses prérogatives ? C'est un vieux truc de management, on écrase les ongles de pied un par un, avant de broyer le pied entier. On réchauffe la grenouille degré par degré avant qu'elle meure sans avoir compris qu'elle avait bouilli. Elle partira, ou elle fera une dépression. Ou un cancer. Ou les deux.

– Ah bon, ça s'appelle le management, maintenant, tuer les gens à petit feu, ai-je remarqué ironiquement.

Werther s'est crispé, des crosnes ont valsé.

– Essaie de comprendre. On est dans la même barque, on n'est pas des patrons, on n'est rien. On n'a pas de capital. On n'est pas des héritiers. Et tu n'es plus si jeune, ni moi non plus. Nous ne nous en sortirons qu'en faisant bloc. Tu dois toujours passer par moi pour tout ce que tu entreprends, et toujours me demander mon avis. Tu ne dois jamais aller contre une de mes décisions.

Il a répété lentement :

– Nous devons faire bloc. Chaque fois que tu n'es pas contente tu viens me voir. C'est la seule méthode.

Je jouais avec ma dent, cet ancien morceau de moi, cette

petite boule de rien du tout qui gigotait dans la poche de ma veste. Je ne disais rien. Il m'a embrassée très doucement et je n'ai pas moufté. Comme si je disais OK. Quand il s'est redressé, il avait un peu de sang sur la lèvre.

On a repris le train. La petite gare-jouet s'est dissoute dans la brume de fin d'après-midi. Sur les bas-côtés de la voie de chemin de fer oscillaient doucement des herbes folles et des buissons d'aubépine pâles. Au loin, des fermes, des troupeaux, des carrés jaunes et des carrés bruns, du bocage. Le train a dépassé Clichy, les voies ferrées innombrables. Des tags immenses nous ont accueillis, l'après-midi était très avancée.

Le train a hoqueté et s'est arrêté. Une voix a précisé qu'un incident retardait notre arrivée en gare. *Interdit d'ouvrir les portières. E pericoloso sporgersi.*

J'ai eu un vertige. Je n'entendais plus rien. Dans ma bouche, toujours du sang. Je me suis endormie. J'ai dormi longtemps. Quand je me suis réveillée, j'avais la tête sur l'épaule de Werther et il avait mis sa veste sur mes jambes.

Le train ne bougeait toujours pas.

Werther s'en amusait.

– Oh, regarde, des lapins, comme à Orly. Ils vivent entre les voies, il y a de la bonne herbe. Ils sont heureux.

Il faisait nuit quand des pompiers sont venus ouvrir les portes bloquées du train.

Nous avons marché le long des voies, en file indienne.

Je me sentais gaie et légère. Werther avait raison, l'imprévu nous ramène à l'essentiel.

Nous nous sommes séparés sur le quai du métro.

– Chaque fois que tu n'es pas contente, tu viens me voir. C'est la seule méthode ! m'a-t-il redit une dernière fois.

Chapitre 17

Tu aurais dû apprendre à jouer aux échecs. Tant pis pour toi !

En contemplant le mur rouge, ses briques éternelles et ses hiéroglyphes secrets, en souriant à un jeune nuage blanc insolent, Nouk repense à toutes les malédictions qui ponctuent sa petite vie et résonnent dans son cerveau inquiet. Ce caniveau dont on ne cesse de la menacer. L'École et ses méchantes novices en robe de chambre, le piège des psychiatres, Olaf et ses sbires, Werther. Où sont passées la joie et les certitudes, la conviction d'œuvrer pour un monde où l'on publie de bons livres, où l'on aspire à fabriquer de bonnes personnes ?

Se serait-elle complètement égarée ?

Elle a le sentiment d'entendre des voix aiguës.

Les Érynies, se dit-elle. Les horribles voix de Mégère, d'Alecto et de la troisième dont j'oublie toujours le nom. Elles sont de retour.

En fait, c'est autre chose : du bureau voisin, celui de Cathy Caille, monte une rumeur. Elle pousse la porte.

Trois femmes en pleurs tournent la tête vers elle. Madodo a le visage rouge et les yeux engorgés de larmes, Cathy semble avoir rétréci, elle a une tache noire sur la joue. Mélissa a l'air encore plus terrorisée que d'habitude, et du sang, comme un petit tatouage, sur l'avant-bras.

Nouk s'immobilise sur le seuil.

– Tu as peur qu'on te contamine, ricane Cathy.

– Qu'est-ce qu'il y a ?

– On est licenciées après trente-huit ans de maison et tellement de sacrifices. Toutes les trois. Accusées d'on ne sait pas quoi.

Madodo frotte sa figure dévastée.

– Ils vont tout remplacer, tout, tout, tout, la moquette et l'informatique, le téléphone et la forme des bureaux, créer un open space et un nouveau système de diffusion, mais ils vont nous remplacer nous, surtout. Ils veulent être modernes et nous, du coup : jetées à la poubelle. Ils m'ont dit que ma voix n'allait pas, ma voix, une vieille voix. Et ma figure, pareil, une vieille figure. Vous avez une figure trop jaune, a dit le contrôleur des ressources humaines.

– Ils veulent des jeunettes, des filles à longues jambes de faon, dit Mélissa, qui a de beaux yeux en amande, des cils recourbés, mais de courtes pattes, so what ? Ils vont repeindre et faire des travaux, on n'ira plus dans le paysage. On se sent simplement malpropres. Des sous-femmes.

– Et Werther est au courant ? dis-je, parce que je suis encore ensorcelée.

Mélissa me regarde avec incrédulité.

– Qui a convaincu Prat, l'an passé, de me muter à côté de la chaufferie ? Werther, bien sûr. Pour installer sa chérie, la radieuse Inès, près de la fenêtre.

– Inès ? dis-je, étonnée.

– Qui a convaincu Suchard qu'il valait mieux se passer de moi et confier à une boîte de relations publiques la communication extérieure ? Werther, bien sûr. Pour alléger la masse samariale, il a dit.

– Salariale, ai-je murmuré, pétrifiée.

– Suchard et Werther, c'est une longue histoire, dit Cathy Caille. (Les coins de sa bouche se sont abaissés vers son menton tremblant.) Ils ne peuvent vivre l'un sans l'autre, tu n'as jamais remarqué cette complémentarité entre eux, cette complicité ? C'est Werther qui tire les ficelles d'une marionnette inoffensive aux joues douces et aux chaussettes rouges, notre patron si vaniteux, si gourmand et si peu sûr de lui.

– Je ne te crois pas.

Alors Cathy me raconte la préhistoire du Prieuré.

Les autres la connaissent déjà et je me demande comment j'ai pu vivre toutes ces années à côté d'elle sans en avoir jamais rien su. Elle fait défiler les années soixante : la rencontre d'un jeune prolétaire autodidacte cynique, libertin et situationniste, et d'un héritier provincial, coincé et complexé. L'ensorcellement de l'héritier, fasciné par l'audace et la rhétorique de son employé. Du sang neuf, note le patriarche égayé, Suchard senior, qui les surveille, s'amuse de leur ballet, et recrute le jeune homme.

– J'ai bien connu Werther, dit Cathy, c'était il y a si longtemps. Les années soixante. Il avait un tel désir d'être heureux.

Et je les imagine, main dans la main, Cathy et Werther, bondissant dans d'improbables prés. Je me dis que le voisin de Cathy, Magnus, a dû en faire les frais. N'a pas dû supporter. Ni l'ascension de Werther. Ni l'amour de Cathy. N'était pas de taille à lutter.

Soudain, du bruit dans le couloir.

Quelqu'un entre sans frapper. C'est monsieur Prat. On dirait un père de famille qui vient remettre de l'ordre dans la chambre des enfants.

Cathy Caille fait vivement cliqueter sa machine antique, Madodo se met à trier des bordereaux bleus et jaunes, Mélissa tente de sortir du bureau en frottant son bras où des gouttes de sang forment un étrange tatouage.

Monsieur Prat prend son air de petit cochon féroce. Il montre l'horloge.

– Vous devriez avoir repris le travail depuis seize minutes. Le libéralisme, la tolérance, la bienveillance, voilà à quoi cela mène : à des conciliabules suspects, des bavardages inutiles. Madame Vérot – c'est Madodo –, vous passerez dans mon bureau à 16 h 30.

– Je ne suis plus licenciée ? demande Madodo, avec ironie ou avec espoir, je ne sais pas.

Monsieur Prat claque la porte.

– Quel sale bonhomme, lance Mélissa.

Sa figure est grise.

– Viens dans mon bureau, lui dis-je. Prat ne reviendra pas et j'ai de la tisane dans un thermos.

J'aime bien Mélissa, elle a toujours ressemblé à un coquillage caché dans une anfractuosité de rocher, tant elle est fragile et fermée. Sa culture est immense, et avant que le Prieuré ne détruise toute sa gaité et son goût de vivre, elle rayonnait d'une fantaisie enfantine charmante. Désormais elle n'est plus que mélancolie sauvage, elle n'est plus que peur. Elle se casse sans cesse quelque chose et avance ainsi cahin-caha, appuyée sur sa canne, alourdie par ses plâtres, vers un destin tout tracé. Mais elle ne veut pas partir, elle se cramponne, Suchard et Prat ont beau la persécuter, la priver de lumière, lui demander des choses impossibles à faire, ou humiliantes, elle reste, en tremblant, et toutes ses collègues, sauf une ou deux, inventent à son intention des brimades ignobles sans même y prendre garde.

– C'est quoi, cette tache de sang ? dis-je, inquiète. Tu te scarifies comme les mômes ?

– Je ne peux pas en parler, murmure Mélissa.

Plus tard, je cherche Werther pour qu'il m'explique. Il a disparu. Je sors. J'erre dans les rues. La ville m'enveloppe avec tendresse dans un voile de pollen sucré. Je fais le tour des cafés, comme une épouse irlandaise armée de son rouleau à pâtisserie. Gloire aux femmes irlandaises, à leur courage.

Une fois de plus, je franchis la porte d'un pas faussement naturel, l'air d'avoir rendez-vous, de chercher un ami, je me sens un peu ridicule, un peu honteuse, surtout de mon manque d'assurance. Je file au fond de la salle et je rebrousse chemin. Soudain, je le vois. De dos. À demi allongé sur la banquette en skaï noir, un genou au sol, il couvre les mains, les bras, les épaules et les cuisses d'Inès de baisers passionnés. Inès, la nouvelle éditrice à la voix douce, qui suce son pouce comme un bébé. Un bébé rusé. Peut-on dire qu'il s'agit d'un oxymore ? Je n'en suis pas sûre.

Je veux m'enfuir, je suis prise d'une panique folle et, me cognant le front à une poutre basse, je m'évanouis.

Quand je me réveille, je suis allongée à mon tour sur la banquette en skaï. Mais je suis seule et le café est vide. Le patron avale un verre de blanc d'un air las. Il me tend mon sac sans un mot.

Je sors. Je marche longtemps sur les quais de la Seine, je m'arrête au pied du pont de la Tournelle. L'eau est noire et agitée de tourbillons argentés.

Je regarde vers l'est, d'où l'ennemi viendra, dit la chanson.

Je me répète : *Chaque fois que tu n'es pas contente, tu viens me voir.* Je me répète : *Tu viens me voir. Il faut faire bloc.*

Je me répète : *Révolution culturelle, lutte des classes. Que cent fleurs s'épanouissent.*

Mais ces formules anciennement magiques ne servent plus à rien, sinon à souligner comme le temps a dérapé, et nous aussi.

Chapitre 18

L'enterrement d'Olaf

– Tu vois, dit Werther, blême, et la mâchoire serrée, il a déplu, il a été chassé, il est tombé malade, et le voici mort. C'était peut-être un génie, je sais que tu le penses, et tu sais que ça m'énerve, mais on s'en fiche. Il est mort, il n'y a rien après la mort, il a perdu.

Un vol de corneilles s'est posé sur un amas de rochers au milieu des tombes monumentales, des chapelles grillagées, des blocs de granit noir brillant aux arêtes cruelles.

Un cortège hindou passe, une colonne de guirlandes orange et rouges, les femmes sont en sari coloré que le vent froid fait valser. Les hommes tapent sur de petits tambourins et chantent avec douceur.

Je pense à la folle énergie d'Olaf, à son optimisme, à sa générosité. Nous ne nous sommes pas vus souvent depuis mon départ de l'Équipée.

Il y a six ou sept ans, plus peut-être, nous avons dîné un soir à Frankfurt, pendant la Buchmesse, cette boucherie géante de la Kultur déguisée en messe mondiale de la culture. Ce n'était pas prévu. Nous nous étions croisés sur des escalators, lui montant et moi descendant, et il m'avait fait cet immense sourire qui m'a toujours tellement touchée.

– Tu viens dîner avec moi, petit mousse ?

Nous nous sommes retrouvés tout près de la Dreikönigskirche, à Sachsenhausen. Il faisait doux, les feuillages des arbres étaient d'un rouge étourdissant. Avec solennité, comme on demande quelqu'un en mariage, il m'a offert un verre de cidre et a dit :

– Tu ne veux pas revenir ? Je ne t'embêterai plus. À nous deux, on mangerait le monde. J'entends partout qu'ils se méfient de toi au Prieuré. Sache que Werther te lâchera comme il a toujours lâché tout le monde.

Je ne l'avais pas cru, et puis revient-on en arrière ?

Olaf a perdu, comme c'était écrit, dans une bataille inégale. Il me le disait toujours : nous sommes des mousses, des petits riens au service de Sa Majesté. La cause que nous servons est plus grande que nous.

– Descends de ton beaupré, matelot, répondais-je en rigolant, les héros, c'est démodé.

J'y repense avec mélancolie, avec le sentiment un peu flou de n'y comprendre rien. A-t-on jamais vu des mousses gagner une guerre ?

Les pentes du cimetière sont couvertes de petites silhouettes surmontées de parapluies noirs. Une foule imposante s'accroche comme elle peut à la rocaille glissante. On croirait des marionnettes balinaises, me dis-je, et j'imagine des centaines d'orteils griffus crispés dans les souliers vernis.

L'Enchanteur, lui, est couché entre les rochers moussus.

Comme je me tais, Werther répète avec force :

– Moi, cela ne m'arrivera pas.

– Tu as prévu de ne pas mourir ? dis-je, sarcastique, dans ma tristesse.

Il plisse les yeux et enlace Inès par les épaules.

Isabelle n'est pas venue, elle ne va pas aux enterrements. Werther, lui, n'en rate jamais un. Il y a quelque chose d'érotique à assister au départ d'un proche en serrant la main, la taille ou l'épaule de son amour.

Des chants de marins s'élèvent, profonds comme un kaddish. Un chat noir de cimetière se faufile entre nos jambes trempées. Ou est-ce l'âme d'Olaf qui profite de l'émotion générale pour nous quitter ?

Un cri. La femme d'Olaf a glissé dans la fosse ouverte. Deux grands types, ses fils, je suppose, sautent dans le trou, la relèvent, la portent, l'emmènent.

Je me demande combien de femmes entoureront la bière de Werther et si elles se battront pour la première place. Si l'une d'entre elles se laissera glisser aux côtés de son amour. J'ai dit *la bière*, comme c'est étrange de n'avoir pas pensé *le cercueil.*

Je m'éloigne, comme le chat qui s'en va tout seul, un chat des villes, pas un chat de cimetière, tous les lieux se valent pour moi ce soir, mais à l'air libre, et loin des corbeaux, des épouses et de mes souvenirs.

Les allées des cimetières n'apportent pas forcément de réconfort, ce que les morts font aux vivants n'est pas toujours plaisant.

Le deuxième millénaire décidément fait un carton. C'est carrément du tir aux pigeons.

Quelques jours plus tard, Guy Suchard est victime d'une hémorragie du côlon. Depuis, Marcel Prat saigne du nez sans arrêt. Il se déplace dans les bureaux, la tête en arrière, un énorme mouchoir appliqué sous ses narines. Werther a été victime d'un tout petit hématome sous-dural, il passe vingt-quatre heures à l'hôpital. L'infirmière a demandé qu'on se calme sur les visites.

– C'est la première fois de ma vie, me dit-il quand je lui téléphone.

Et je sais qu'il trouve cela injuste, il pense à l'armée de côtes de bettes, à toute cette huile d'olive pressée à froid importée directement de Sicile, aux filets de sole vapeur, aux tonnes de carottes râpées qu'il a avalées depuis des décennies dans le but explicite de nous enterrer tous.

– Je ne comprends pas ce qui s'est passé, dit-il.

– Moi non plus. Mais ce n'est pas grave du tout, si ?

Et puis, un jour où nous déjeunons ensemble sur un banc du parc, loin du bureau où elle est désormais persona non grata, Mélissa m'explique que c'est grâce à elle, tout ce désordre inédit. Elle a envoyé des démons embêter nos trois dirigeants.

– Des démons ? C'était ça, la tache de sang sur ton bras ?

Son air radieux me terrifie.

– Oui. J'ai mis du sang de poisson dans les rainures des bureaux de Suchard et de Prat. Ensuite, je l'ai étalé avec une touillette de la machine à café. Je me suis tachée, tu sais comme je suis maladroite, mais on m'avait dit que cela ne pouvait pas rater. Tu as vu : les démons sont arrivés illico. Puis j'ai tout raconté à Werther, et ça l'a rendu malade. Je savais qu'il serait terrorisé. Il m'a regardée méchamment et il m'a dit de ne plus remettre les pieds au bureau. Je pensais pas l'envoyer à l'hôpital.

Elle rit, trop fort.

– Au moins, je suis virée pour quelque chose. Prends garde à toi.

Je tremble, je sens qu'il va se passer quelque chose.

Qui ne pense qu'à l'avenir est moins prévoyant que celui qui ne pense qu'à l'instant présent, car il ne prévoit même pas l'instant, seulement sa durée, me dis-je, or seul l'instant est vérité.

Chapitre 19

Alors surgit le petit Suchard

– Au Prieuré, on joue aux chaises musicales, tu sais, ce jeu où l'on change de place au signal, et il manque une chaise, et quelqu'un est éliminé. Je veux dire : l'employée trop lente est éliminée.

– Oui, je m'en souviens.

– Alors c'est simple : Mélissa a été éliminée, Cathy Caille a été éliminée, Madodo Vérot a été éliminée. Elles étaient dépassées. Le temps est à la vitesse, elles étaient out. Elles étaient. Ne sont plus. Déjà oubliées. RIP, a dit Marcel Prat, en évoquant leurs départs. *Requiescant in pace*. RIP. Tout est dit. RIP, a rigolé Suchard en lui versant un verre.

– RIP. C'est horrible ce mot. Ce n'est pas un mot d'ailleurs.

En effet. Année de deuil terminée, les ailes des oiseaux sont flasques, ai-je songé tristement.

Bref. Cette première étape franchie, les travaux ont commencé.

Il s'agit de faire du Prieuré un open space entouré de plantes vertes, avec des mini-box anglés, des cloisons en plexiglas pour les isoler, des cartes magnétiques pour contrôler le personnel, des ordinateurs neufs parce qu'un ordinateur doit être neuf, sinon il est vieux. Il y a aussi des faux plafonds pour les câbles. Et un ascenseur stylé. De nouveaux tapis. Des meubles modernes en verre. Une porte en verre qui remplace la porte en bois du bureau directorial.

Tels sont les signaux d'un nouveau règne à venir, murmure-t-on dans les couloirs de la maison d'édition. La vieille, l'archaïque maison n'est plus. La porte en verre est un message. La transparence sera désormais aux postes de commande.

Un matin d'automne, Nouk a rendez-vous avec Werther au Nemrod. Depuis la fin août, elle n'a plus de bureau, mais un box. De toute manière vous êtes si peu là, a dit Prat en l'accueillant. Vous serez plus proche de vos collègues.

Chaque fois que tu n'es pas contente, tu viens me voir.

Pour survivre, il faut faire bloc.

En l'attendant, elle s'amuse à écrire ces deux phrases dans son cahier. Il fait beau, un petit vent caresse les passants. Elle commande un café, note des choses, se récite un poème de Louise Glück :

Alors soudain j'étais seule.
Peut-être que l'occupation d'un très jeune enfant
Est d'observer et d'écouter.

Elle grignote un petit sablé à la cannelle qu'elle plonge dans sa tasse et qui la fait tousser, elle dessine les gens qui passent. Quelle bonne occupation.

Un labrador brun lui arrache son cahier et le maître ne s'excuse pas, n'excuse même pas son animal. Il n'est rien arrivé. La vache.

Nouveau millénaire.

Elle en reste tremblante. Chaque 11 septembre, elle a peur, comme nous tous, probablement.

Pourquoi se souvient-elle ce jour-là, précisément, de cette promenade durant laquelle Werther l'a convaincue de renoncer à écrire ? Il la tenait gentiment par la main, c'était sur les quais de la Seine, quai de la Tournelle ou quai de Bourbon, ils regardaient les péniches. Il s'était mis à la sermonner. Elle avait eu le tort de lui confier qu'elle venait de terminer un petit livre.

– Combien de fois dois-je te le répéter ? Celui qui n'a pas écrit de chef-d'œuvre à vingt-cinq ans n'en écrira jamais. Pourquoi tu t'entêtes à vouloir publier des livres ? C'est absurde. Ce que tu as à dire, franchement, qui ça intéresse ? Tu ferais mieux d'aller te balader, ma petite chérie, de profiter de la vie tant qu'il en est encore temps. Prends des amants, fais la cuisine. Lis des biographies, comme moi.

Les écrivains, tu sais à quoi ils occupent leurs jours et leurs nuits ? Ils se livrent à des sortes de plaidoiries pour se montrer sous leur meilleur jour, bluffer la postérité, qui s'en fiche d'avance. Tous les romans qui paraissent ces jours-ci pourraient s'intituler *Pro domo*. En plus avec tes enfants, maintenant, ce serait gênant !

Repenser au discours de Werther en fait surgir un autre.

– Tu ne peux pas devenir écrivain, lui a dit un jour son grand-père, Max Baruch, car on ne saurait être une femme mariée et écrire. Et je préfère que tu sois heureuse et mariée. Parce que je t'aime. On ne peut souhaiter à quelqu'un que l'on aime, et qui se trouve être votre propre petite-fille, de devenir une comédienne ou une femme de lettres.

(Il voulait à peu près dire une pute, comme d'habitude, et à force, j'avais compris.)

Il a donné un sérieux coup de canne à un ennemi invisible.

– Si tu écris, il arrivera forcément un jour où tu diras du mal de ton mari, un jour où tu feras honte à tes enfants en exhibant des sentiments qui ne conviennent pas à une mère – et les enfants préfèrent de loin que l'on n'entende pas trop parler de leur mère, nulle part et en aucun lieu –, un jour où, par souci de gloire, tu voudras séduire des puissants et où, c'est le pire, tu y parviendras, un jour où tu trahiras des secrets, des moments privés, où tu violeras la vie intime de tes proches. Tu ne seras plus ni décente ni timide, alors ils s'empareront de toi, te réduiront en miettes, tu seras traînée dans la boue par les cheveux. Et j'en aurai de la peine, tu peux l'imaginer.

– Tu es un vieux réactionnaire, lui avait-elle dit à l'époque. Je te ferai remarquer que tu ne fais rien d'autre que lire, alors pourquoi vouloir si fort m'empêcher de raconter des histoires, d'écrire de la poésie, de lutter à ma manière contre la disparition de toutes choses, pourquoi m'empêcher d'essayer d'en rire ?

Il avait souri aimablement. Il m'avait dit, en me caressant la tête :

– C'est vrai.

Repensant à tout cela, Nouk attend Werther vraiment longtemps. Il ne vient pas. Il lui faut regagner le box. Elle paie le café, s'inquiète, se hâte vers l'Atelier.

Personne n'a vu Werther. Elle interroge Mathurine, à regret.

Mathurine, l'air chafouin, fait disparaître un dossier avant de lui répondre. Elle lisse une page blanche devant elle, d'un air pénétré. Puis elle dit avec ironie :

– Tu l'as perdu ? Tu as regardé dans l'escalier ?

Nouk monte quatre à quatre, comme on dit, l'escalier de pierre blanchie qui mène chez Werther, dans son pigeonnier.

L'Enchanteur est là, en haut des marches. Ses chaussettes en laine grise gondolent sur ses chevilles pâles, il n'est vêtu que d'une robe de chambre de fille, il a la tête dans les mains, il pleure. Un rayon de lumière tombe sur ses cheveux dépeignés.

– Peux-tu m'expliquer pourquoi Inès m'a quitté ?

Il ne dit rien d'autre, sans lever la tête. Il répète cette phrase avec méchanceté, et elle ne sait vraiment pas quoi répondre.

– Elle est partie ce matin avec ses affaires et elle croit qu'elle va pouvoir continuer à travailler au Prieuré, mais ça ne va pas se passer comme ça. Pourquoi, pourquoi ? Tout était si bien, tout était parfait. Si tu ne sais pas, tu me laisses. Tu dégages. À elle, j'avais tout donné, elle était la femme de ma vie, tu comprends cela ? Elle est virée, en tout cas, virée. Et toi, je te conseille d'aller dans ton bureau sans tarder. Suchard est parti hier sans crier gare, sans même me prévenir, il est parti se réfugier dans les jupes de sa femme, tu crois une chose pareille, après tout ce temps ? Et c'est le petit Suchard qui l'a remplacé. C'est ce qu'elle voulait depuis si longtemps, la vieille Suchard, cette sorcière. Les mères n'arrêtent jamais de comploter pour leurs fils.

Quel chambardement.

Je comprends alors que Werther pleure de peur.

La vieille Suchard, ces syllabes me font mal aux oreilles.

Chapitre 20

But Brutus said…

Le petit Suchard m'attend devant mon box, assis en travers d'une chaise, jambes écartées. Il regarde la très grosse montre Patek Philippe Nautilus qui orne son poignet gauche, il se passe la main dans les cheveux, il dit :

– Vous viendrez me voir à 18 heures.

– Bien sûr, monsieur.

Je remarque avec étonnement qu'il porte une Rolex à l'autre poignet. Je me demande s'il teint ses cheveux, ils sont un peu trop noirs. Il les rejette en arrière toutes les trente secondes, un tic qui me fait sourire.

Mais, comme souvent, j'ai tort de sourire, c'est là le sourire imbécile d'une spectatrice qui se croit à l'abri.

À 18 heures précises, je franchis la lourde porte en verre, symbole ostentatoire d'une transparence qui fait penser aux prestidigitateurs et à leurs chapeaux remplis de lapins.

La décoration de son bureau, Germain Suchard y a mis beaucoup de soin. Tout ce qui portait la marque de son père, le trop tendre Guy, a disparu en peu de jours. J'imagine, balancés en vrac dans un grand sac-poubelle gris (l'emblème même de notre monde sans cœur), les dessins d'anniversaire dont le vieux Guy était si fier, tout comme il était fier de son fils, l'homme d'affaires, l'héritier prêt depuis longtemps à prendre la relève et qui sans cesse regarde l'heure qui tourne sur les cadrans de ses deux montres de vrai patron.

– Ah bon, il n'y avait donc pas de filles chez les Suchard ?

– Si, si, mais les filles, on les marie. Chez les Suchard comme ailleurs. Elles n'héritent pas du royaume. Elles ne portent pas de montres Patek Philippe non plus. C'est trop lourd pour leurs attaches fines.

Mais revenons aux vieux murs du bureau à la porte de verre, sur lesquels on voit encore les marques blanches des anciennes affiches désormais disparues. Ces affiches dédicacées par les illustrateurs et les peintres que le vieux Guy admirait lui donnaient une fierté légitime, celle d'avoir accueilli tant de talents, et un vain sentiment d'immortalité.

Moi, j'étais sa voisine. C'était un autre temps.

Le petit Suchard m'a proposé d'aller prendre un verre en face. J'ai cru que c'était amical. J'ai cru qu'il s'informait. J'ai même cru un instant qu'il voulait me connaître, me rencontrer pour de bon.

– Tu connais mon ambition, a-t-il attaqué tout de suite,

et ce tutoiement soudain m'a mise mal à l'aise, comme s'il masquait mal quelque chose que je ne comprenais pas.

– Bien sûr, ai-je dit à tout hasard, avec un enthousiasme forcé et en regrettant immédiatement cette approbation stupide et lâche. (Mais les linguistes noteront qu'elle était induite par la forme même de la question. Un non aurait sonné comme une insolence.)

Le serveur, un type gentil, nommé Laurent, a demandé ce que nous souhaitions boire.

– T'as quoi au frais ? a lancé le petit Suchard. Au fait, appelle-moi Germain !

– D'accord, Germain, ça te dirait un verre de Pouilly ? a dit Laurent, mal à l'aise, à son tour. Et vous, Nouk ?

– Il t'appelle par ton prénom, a ricané Germain, tu passes ton temps ici, pas vrai ? Tu couches pas avec lui, si ? C'est un bon coup ? Vous allez à l'hôtel ? Bon, là, je vais peut-être trop loin !

Je l'ai regardé, stupéfaite.

– Moi tu sais, je supporte pas les pieds, tu sais, les doigts de pied, a continué le petit Suchard. Les doigts de pied poilus chez les femmes, ça me fait débander illico.

– Ah, ai-je dit, désorientée, sans oser regarder mes sandales.

Laurent attendait, j'ai senti dans ses grands yeux bleus de la compassion.

– Un mojito, ai-je demandé. Un virgin mojito.

Germain Suchard a éclaté d'un grand rire.

– J'ai ma réponse, a-t-il dit entre deux spasmes. Sérieusement, Nouk. Explique-moi. Tu veux quoi ? Tu vois ta vie comment ? Je veux dire, les années à venir ? Faut être prévoyante de nos jours. On peut pas passer sa vie dans les nuages comme tu sembles le croire. Tu sais qu'on va pas tarder à se passer des services du vieux Werther. Il est né la même année que mon père, on les a assez vus, non, les deux compères ? Avec mes potes, on les appelle les deux doigts arthritiques de la même main. Le temps de la jeune génération est arrivé. Du chiffre, du chiffre, du chiffre ! C'est ça, le nouveau mot d'ordre. Cent mille, j'en ai vendu, de mon dernier bouquin, tu vois le style, ça dépote. Tu vois, je joue cartes sur table. Tu joues au poker ? C'est la mode chez les mômes, les jeux d'argent, la testostérone. Poker face. Je veux faire une anthologie, ça s'appellera *Poker Face*, comme l'album de Lady Gaga, c'est top non ? On envahira les réseaux, ce sera la folie. Bon, les jeunes, on peut plus dire que tu en fasses vraiment partie – il a ri méchamment –, mais avec un effort, tu vois, tu pourrais conseiller Inès qui a de l'énergie, de l'ambition, mais pas assez d'expérience. Tu vois le projet ? Ce sera avec toi ou sans toi, tout ça.

J'ai pensé au *Jules César* de Mankiewicz, quand Antoine montre du doigt Brutus et l'accable sans trembler pendant les funérailles de César.

But Brutus said he was ambitious,
And Brutus is an honourable man.

Quel drôle de mot, ce mot ambition.

Germain Suchard a avalé son pouilly cul sec, et j'ai tenté de boire mon mojito. J'avais la gorge nouée.

– Bien sûr, ai-je dit, alors que je pensais le contraire. Inès. Oui.

Germain Suchard a essuyé son front. Il transpirait, alors que j'étais glacée. Il a sorti de sa poche une liasse de papiers chiffonnés. J'ai aperçu des colonnes de chiffres entourés au Stabilo orange.

– Mais avant, a-t-il dit, il faut que tu m'expliques deux ou trois trucs. Tu veux pas un autre mojito, tu vas avoir besoin de salive.

– On peut regarder ça plutôt demain ? ai-je répondu, j'avais le vertige et je sentais monter la nausée. J'ai rendez-vous chez le médecin.

J'avais dit la première chose qui me passait par la tête. Encore une erreur.

– Les médecins, tous des truands et des charlatans, a rigolé Germain Suchard. Te fais pas avoir. T'as quoi ? Des suées ? Moi, c'est ça que j'ai, des suées. Tu veux une bonne adresse ? Je te donnerai le nom d'un toubib, je vais à l'Hôpital américain, c'est cher mais c'est bien. T'es malade parce que l'époque est malade, faut se battre, faut de l'ambition, de l'adrénaline, faut que ça swingue. Tu baises assez ? C'est important, la baise. Ça nettoie le sang. C'est comme le golf, moi je joue au golf.

Je n'ai pas entendu la fin, ni ses conseils avisés sur ma vie sexuelle, j'étais dans le métro et j'essayais de ne pas vomir mon mojito, je n'arrivais pas à effacer l'image de Werther, de sa robe de chambre pastel, de ses chaussettes tirebouchonnées.

Je voulais aller lui dire que je ne le trahirais jamais. Alors que c'était fait.

Chapitre 21

Prélude à un mini-procès de type stalinien

J'ai trouvé sur mon bureau une note écrite au Bic et signée Werther. Elle était attachée par un trombone à une liasse de feuilles. La liasse, précisément, que j'avais aperçue au café. Des feuilles remplies de chiffres entourés au Stabilo orange. Celles, précisément, que Germain Suchard avait brandies.

La note disait : *Merci de venir au plus vite m'expliquer deux ou trois choses pas claires.*

Ce n'était pas la première fois que je lisais un message de ce genre, cette prose pleine de sous-entendus. J'ai compris enfin que tout était organisé, prévu, planifié. J'étais une petite rate dans son labyrinthe. J'étais une accusée perdue d'avance. Une entreprise ressemble à un parti, je crois. Et les mécanismes staliniens sont toujours à l'œuvre, aujourd'hui comme hier.

La liasse de feuilles était lardée de Post-it de toutes les couleurs et annotée par diverses personnes de manière désobligeante pour moi. J'étais désignée sous l'appellation R2, mais je me suis facilement reconnue.

R2 : rédactrice numéro 2. Qui était R1 ? Je ne sais pas. Personne.

Ce 2 était simplement une marque de genre, comme le numéro de Sécurité sociale : 1 pour les hommes, 2 pour les femmes.

R2 a signé au cours des dernières années plusieurs contrats à X1, X2 et X3. qui ne vendent presque pas de livres.

Mais je ne signe rien, je n'ai pas la signature, je ne l'ai jamais eue, ai-je murmuré en me mordant les joues.

R2 a prétendu que c'étaient de grands poètes, des femmes et des hommes qui savent écrire de façon libre et non conformiste, celui qui épouse son époque sera vite veuf, dit-elle à qui veut l'entendre. Elle a souligné qu'il fallait les protéger. Que les éditeurs l'avaient toujours fait.

Elle prétend que c'est un investissement prometteur. (Ha ha ha...) On n'est pas là pour accueillir la misère du monde.

Ai-je jamais prononcé ces syllabes, *investissement prometteur* ? Sûrement pas !

R2 a surfacturé une traduction, prétextant que le traducteur se mourait. Certes, elle n'a pas pu dire que c'était prometteur. (Mdr.)

Mais je ne signe pas les factures, ai-je murmuré, l'intérieur des joues en sang. Je n'en ai jamais eu le droit.

Elle a dit que sa traduction était si belle qu'elle méritait d'être correctement payée. Elle a dit qu'il avait tant fait pour nous qu'on lui devait bien cela. On rêve.

Sommes-nous payés pour dépenser l'argent des actionnaires, disait une grosse écriture enfantine. Des lettres rectangles et mal reliées entre elles, c'était, laide entre toutes, l'écriture de Mathurine.

R2 vit dans un monde de Bisounours où les écrivains sont des rois et des reines, où on les couve en attendant que jaillissent leurs précieux écrits, où on les materne quand ils sont en panne, une conception totalement has been, disait une autre note de Mathurine. *Pour nous ce sont de simples fournisseurs. Il est temps de rationaliser les coûts.*

J'ai songé qu'à chaque fois que ce mot de Bisounours surgissait, il était porteur de mépris et de méchanceté.

Les trente glorieuses, c'est du passé, il est urgent de revenir sur terre, de regarder en face la crise que nous traversons, une dépense est une dépense.

L'amortissement titre à titre est une nécessité, avait ajouté Marcel Prat, de son écriture minuscule, au crayon à papier.

On sentait dans ces mots : crise, dépense, amortissement, nécessité, une vraie revanche du cynisme. De la joie. Une libération.

Fini le temps des envolées lyriques !

Assez de slogans, effacez ces sottises :

La lecture embellit le monde. Ha ha ha…

L'art, c'est la pensée humaine qui va brisant toute chaîne.

Les livres sauvent des vies. Hi hi hi…

Vive les listings, vive les colonnes de chiffres, armées de préférence.

Je me suis demandé si l'inventeur des Bisounours touchait des royalties chaque fois qu'un contrôleur de gestion ou une petite cheffe évoquait cette peluche disparue dans les années quatre-vingt-dix et devenue depuis le bouc émissaire des chasseurs de dépenses farfelues. Je l'ai espéré, pour lui.

Je n'ai pas eu le temps d'aller dans l'antre de Werther.

On a frappé à mon plexiglas, ce plexiglas qui remplaçait la porte du box.

Mathurine, le visage très rouge, a surgi.

J'ai rendu intérieurement hommage à son courage dans la traîtrise.

– Ils t'attendent, a-t-elle dit. Ils t'attendent dans le bureau de Germain.

– Ah bon ? Déjà ? Tu l'appelles Germain ?

Elle n'est pas restée pour écouter le trait d'esprit que je

préparais. Je songeais à une citation de Marguerite de Navarre que j'affectionne particulièrement : *Si vous ne respectez pas une reine proscrite, respectez une mère malheureuse.* Je l'avais longtemps attribuée à Marie Stuart, je me trompais.

J'ai repoussé ma chaise et constaté que j'avais les jambes molles et les mains tremblantes et les poumons bloqués à hauteur de plexus.

Tu trembles, Carcasse, me suis-je dit, *mais tu tremblerais bien davantage si tu savais où je vais te mener.*

J'ai eu envie de courir après Mathurine : Tu savais que Carcasse était le nom de la jument de Turenne et non une auto-apostrophe ? Mais comment courir ?

Mon besoin d'intimité et de citations est décidément illimité, me suis-je dit, me demandant au passage si c'était le même symptôme, et de quoi ?

Et je suis entrée dans le beau bureau directorial de Germain Suchard.

Chapitre 22

J'ai vu trois hommes se lever

Mes trois patrons sont assis sur leurs sièges italiens en verre autour de la table en verre, italienne elle aussi, siglée Murano. Le petit, le moyen, le grand. Je pense un instant : *Boucles d'Or et les Trois Ours*. Qui a mangé dans mon bol ? Mais ce n'est pas le moment d'être puérile. Boucles d'Or a cent ans au moins et ne peut m'être d'aucune aide.

Devant chacun d'entre eux, bien droits comme il convient à des juges et non à des ours, une pile de papiers. Ils semblent assez contents de la scène qu'on va jouer. Élimination d'une fauteuse de troubles. Fin d'un désordre néfaste. New deal.

Moi je vois trois procureurs staliniens. Je vois derrière eux, en transparence, le visage inoubliable d'Andreï Vychinski et de ses deux acolytes en janvier 1937, lors des terribles purges. Je vois la violence sûre d'elle-même, le simulacre de confrontation. Les assassinats froidement exécutés. Je vois le visage poupin du terrible Iejov – surnommé le nabot – qui détruisit sept cent cinquante mille vies entre 1936 et 1938 en URSS.

– Tu ne crois pas que tu exagères ?

– J'exagère, oui, comment le nier ? Mais je dis ce que je vois. Je vois des choses que tu ne vois pas, le regard clair de Radek dont le vrai nom était Sobelsohn, le regard rêveur de Piatakov, tous ces hommes dont j'ai lu l'histoire quand j'était adolescente, et qui sont tombés sous les balles, eux qui croyaient aux mots.

Tout est écrit, tout est décidé, me dis-je, est-ce bien la peine de jouer ma partition ?

Je m'assois à une petite table en retrait, sans papiers, sans cahier, à la place vide. J'aimerais dire quelque chose, quelque chose comme :

Bon appétit messieurs, ô ministres intègres,
Hélas notre héritage est la proie des vendeurs.

C'est une si bonne phrase, trop oubliée. Ç'aurait été si bien, mais ma tête est vide, mon cerveau a fondu, je me sens faible et coupable et minuscule. Et ma voix m'a quittée. Rien. Pas un son. Et la Loi de leur côté.

En face de moi, les trois hommes me regardent.

Werther murmure en se penchant un peu vers moi, en crabe :

– Je t'avais dit que nous devions faire bloc, tu n'as pas écouté. Et voilà où nous en sommes.

Les visages des rêveurs me reviennent. Radek, Piatakov, Boukharine.

Je vois Werther, était-ce hier, ou le jour d'avant, tel qu'il m'est apparu, un ami perdu. Je marchais et soudain, oui, tout à coup, je l'ai vu, en grand entretien avec Germain Suchard, penchés l'un vers l'autre, se tenant presque par les doigts, signant un pacte de non-agression, c'était facile à deviner. Et j'ai su que j'étais perdue, et trahie, sacrifiée pour la cause.

L'haleine de Werther est acide. Il agite ses pieds, il croise et décroise les jambes.

Pour une fois, me dis-je, il porte une veste en toile sur son polo blanc et un pantalon bleu marine ceinturé.

Quant à moi, je suis légèrement underdressed, et c'est une erreur.

Germain Suchard agite la main d'un geste agacé, puis il prend la parole :

– Nous t'avons convoquée pour te faire part de Notre Projet pour les quinze ans à venir.

– Faire part, ah bon, dis-je (sans un son, dans mon silence soumis).

Passent devant mes yeux un petit cheval noir, une carriole, un cercueil. Comme dans *Lucky Luke.*

Germain Suchard, je le sens, craint de s'embrouiller, il parle trop fort en articulant de manière exagérée, comme s'il avait affaire à trois sourds un peu débiles.

– Je pose, dit-il, le cadre de cette réunion : Quel projet souhaitons-nous ? Quel est Notre Projet ? Et d'abord que constatons-nous ? Les Ouvrages dont tu as la charge n'ont pas bénéficié de l'élan qui caractérise la Maison depuis mon arrivée. Un élan que tout le monde a remarqué et salué, sauf toi. Le changement, c'est maintenant. Et toi, tu stagnes.

Tralala, tralala, et patati et patata, chante une voix idiote dans mon crâne tétanisé et cotonneux.

– La place de ces Ouvrages est essentielle pour les Chiffres, l'image de notre Maison, le recrutement des Auteurs.

Germain Suchard met tant de majuscules à chacun de ses mots qu'ils prennent une raideur cadavérique.

Je suis des yeux un moustique énorme qui patine sur la vitre. On les appelle des cousins, je crois.

La voix de Germain Suchard me parvient :

– Or ils sont à la traîne, parce que tu es à la traîne, tu n'as pas compris les Enjeux de notre Plan.

Ils, de quoi parle-t-il ? Ah oui. Les chiffres…

Je n'arrive pas à écouter, je pense à Joseph Brodsky.

Juge : Quelle est votre profession ?

Brodsky : Je suis un poète.

Juge : Mais qui vous reconnaît comme poète, qui vous a enrôlé dans les rangs des poètes ?

Brodsky : Personne. Et qui m'a enrôlé dans les rangs de l'Humanité ?

Juge : Avez-vous étudié pour être poète ?

Brodsky : Cela ne s'apprend dans aucune école. Cela est, cela vient de Dieu.

Ses paroles énervèrent énormément le juge, et Brodsky fut déporté en Sibérie, dans l'oblast d'Arkhangelsk, avant d'être chassé de Russie, en juin 1972.

Je pense à Vassili Grossman disant avec stupeur : *Ils ont arrêté mon livre.*

Je pense à tous les combats menés par des écrivains et des poètes depuis le début du XXe siècle pour défendre la liberté et la légèreté des mots. Quelle émotion.

Mais Germain Suchard se moque de la légèreté comme de l'émotion. Il suit sa route triomphale, ponctuée d'énormes majuscules et de raclements de gorge inquiétants. De temps en temps il passe sa main dans ses cheveux et j'ai peur qu'un peu de teinture brune ne reste sur ses doigts. Malencontreuse compassion qui m'empêche de vraiment bien écouter.

Le discours zigzague et traîne.

– Werther a bien défini la situation : par Vanité, tu t'es endormie sur des lauriers imaginaires. Tu as refusé de participer à toute remise en cause collective de nos lignes éditoriales. Tu t'es entêtée. Certes, tous les goûts sont dans la nature. (Il semble très content de cette fine observation.) Il y a ceux que nous partageons tous les trois (il regarde avec affection ses deux acolytes) qui sommes des hommes positifs, attachés à la positivité. Il y a celui pour les victimes, les vaincues, les cas désespérés. Mais tous les goûts ne mènent pas aux succès que nous anticipons. Tu nous coûtes très cher. Trop cher. Beaucoup trop cher. Tu nous dois beaucoup d'argent. Un gouffre.

J'essaie de me souvenir du temps où je rapportais beaucoup d'argent. Mais non, ça devait être un rêve.

J'ai le sentiment d'avoir disparu de cette scène absurde, je vole au-dessus d'eux comme une petite âme fatiguée, douchka, douchenka, je compte leurs cheveux.

Criminelle petite âme fatiguée.

Mais une victime, moi ? Jamais je ne l'accepterai.

– Je traiterai donc trois points, dit Germain Suchard.

Je souris secrètement, je me rappelle d'innombrables exposés, un, deux, trois, partez ! Trois parties, trois sous-parties et trois sous-sous-parties, disaient nos professeurs. L'essence même de tout discours.

– Un : décisions éditoriales. Deux : les chiffres. Trois : quelques mesures d'organisation. Commençons donc par les chiffres. À toi, mon cher Marcel.

– La situation est très, que dis-je, extrêmement inquiétante, déclare Marcel Prat en bombant un vaste torse sous sa chemise transparente et son maillot de corps blanc, et en regardant ses feuilles.

Il a le ton d'un ingénieur qui vient d'éviter l'écroulement de plusieurs immeubles et se prépare à de nouveaux sauvetages.

– Une suppression de très nombreux titres est requise, ainsi qu'une très nécessaire et très coûteuse refonte de notre Bon de Commande. L'historique des ventes est tout simplement abominable. Un trou de six cent mille à huit cent mille néoactifs, per anni, quatorze mille sur vingt-sept, au bilan, et je multiplie par cinq cent deux, divisé par nonante-quatre, de quatorze à treize pour cent, ce qui fait six cent quarante-quatre, et je retiens deux, trois mille deux cent un, à dix-huit pour mille. Moins les trente-trois pour cent de rigueur.

Il souffle.

– Il y a beaucoup trop de titres. Trop d'écrivains. Trop de tout. Ce n'est pas ce qu'il faut. Trop de mots. Trop d'images. D'ailleurs moi je ne lis rien de ces fadaises.

Une phrase de Kafka me revient. Elle se trouve dans un texte intitulé *Le crampon habite dans la forêt* : *Il était assis devant ses comptes, de grandes colonnes. Parfois il se détournait et cachait son visage dans sa main. Quel était le résultat de ces calculs ? Triste, triste calcul.*

Marcel Prat ne m'entend pas, bien sûr, et c'est mieux ainsi.

Il conclut, satisfait :

– Comment pourrions-nous vendre des histoires prétentieuses et qui ne veulent rien dire à des gens qui n'y comprennent rien et n'en veulent pour rien au monde ?

Werther, mon désormais N+1, me regarde longuement pour me montrer qu'il n'a pas peur d'y aller, qu'il n'a pas peur de la laideur de ce qu'il va dire.

– R2 et moi n'avons jamais été d'accord sur ce que nous aimons, affirme-t-il. Pas les mêmes goûts. Au contraire même.

Bien que cet aréopage m'ait rendue muette de terreur, je ne peux m'empêcher d'éclater d'un rire rauque.

Marcel Prat tape du poing sur la table de verre qui vibre. Il est requinqué par sa diatribe. Il prend sa revanche sur tant d'années d'agacement.

– Vous ne riez pas quand un supérieur vous parle. Finie, la rigolade. È finita la commedia.

– Je ne savais pas qu'on était à l'armée, dis-je. Ni que Werther était mon supérieur. Je n'ai pas compris qu'il s'adressait à moi. Et j'ignorais que vous parliez cette belle langue, l'italien.

Il devient violet de colère.

Werther reprend, avec un flegme apparent :

– J'ai lu les derniers livres qu'elle a publiés, des histoires de femmes exclues, marginales, paumées, incomprises. Des réfugiés, afghans ou autres, qui tentent de gagner l'Europe, des histoires de génocides, l'Arménie, le Rwanda, la Bosnie, des familles dysfonctionnelles. Un roman kurde. Ça donnerait le cafard à n'importe qui. Ce sont des livres parisiens, snobs. Donneurs de leçons. Ce n'est pas nous.

Marcel Prat renchérit :

– Comme vous l'avez compris, c'est terminé tout ça. Nous n'en voulons plus. Des offices misérables, des retours affolants, des, des, des…

Il en bafouille de dégoût.

Germain Suchard a l'air satisfait, il se passe la langue sur les lèvres et gonfle les narines.

Dans ma tête je chante une chanson de Barbara :

J'ai vu trois hommes se lever
La lumière était froide et blanche
Il portaient l'habit du dimanche

Dans un brouillard glacé, j'entends des mots dépourvus de sens.

Le petit Suchard parle comme on frappe, à coups réguliers, consciencieusement, non sans plaisir.

– Tu comprends bien qu'on ne peut continuer ainsi. Regarde-moi, tu le comprends, oui ou non ? Tu as peut-être été une bonne éditrice, c'est ce que tu ne cesses de prétendre, mais je n'étais pas là pour le savoir. Les temps ont changé. Le marché a changé. Nous devons répondre à une autre demande. D'autres générations qui lisent moins, mais plus aussi. Autre chose. Des sensations fortes. Des situations fortes. Pas des salades sans goût pour femmes anorexiques. De la joie, du bien-être, du sexe. Regarde-moi, et baisse les yeux quand je te parle. Pourquoi ne réponds-tu pas ? Qu'as-tu à dire pour ta défense ? C'est bizarre, tu ne doutes jamais, tu te contentes de nier les évidences, au nom d'on ne sait quoi. Moi tous les matins en me rasant, je me remets en question. Toi non. Tu es contente. Ça doit être un handicap pour les femmes, de n'avoir pas accès à ce moment spécial où l'on se regarde avec soin pour ne pas se couper, ne pas se rater, vérifier qu'on est toujours là. Vois-tu, nous, nous avons des responsabilités. Nous avons Notre Projet. Faire évoluer cette Maison. Notre Maison.

Où tu n'as plus rien à faire, tu as fait trop de mal. Tu as fait trop de mal.

Quelque chose vibre en moi en entendant ces mots : *Tu as fait trop de mal.*

Je suis projetée dans le temps, je suis dans un parc, assise sur un banc, il y a si longtemps.

Je répète la phrase, ici, comme on gratte une blessure mal cicatrisée : *Tu lui as fait beaucoup de mal.*

Quand tu t'approches des gens tu les mets en danger. Tu es un danger. *Tu as fait trop de mal.*

Être un danger. Étranger. Et ne pas le savoir.

Encore Kafka : *Dans la lutte entre le monde et toi, seconde le monde.* Je ne suis pas sûre d'y arriver.

De très loin je devine des insultes encore, comme des coups, toujours.

– Quant à ta réputation, permets-moi de te dire qu'elle est en train de se dégrader à grands pas.

Une sale bonne femme, une prétentieuse, une intrigante. Si tu savais ce qu'Inès entend partout à ton sujet et qu'elle nous a répété. Werther a fait ce qu'il pouvait pour te défendre, te sauver. Mathurine aussi. Leur loyauté est admirable.

Comment leur dire que je sais très bien comment a procédé Mathurine, expliquant à chacun que jamais il ne fallait me déranger. Je l'ai laissé dire, c'est ainsi. Comment aurait-il fallu faire ? Je n'ouvre pas la bouche, j'aurais dû y penser avant.

– Ne cherche pas à accuser quelqu'un d'autre que toi de tes échecs. Tu ne nous empêcheras pas d'aller de l'avant.

J'ai essayé de sortir, je me suis levée, aveuglée par les larmes de rage, de chagrin, de deuil aussi. Je me suis cognée contre la porte de verre. Comme un papillon, un moustique ou une phalène. Ai réussi à sortir.

Je me suis effondrée dans le couloir.

Personne n'est venu. C'était trop dangereux.

– Si tu crois qu'on va venir te chercher, tu te trompes, personne ne vient jamais chercher personne.

– Mais si, quelqu'un vient. Je l'entends.

Chapitre 23

Je vous salue, crevettes mal assises

Le cœur battant, le cœur lourd, elle remplit le coffre de sa voiture. Une boîte à chaussures de la marque Éram contient ses deux livres, le gros et le petit, *Vies politiques* d'Hannah Arendt, qui ne la quitte jamais, et le *Journal* de Virginia Woolf, qui lui a sauvé la vie tant de fois.

J'aperçois le petit hérisson en plomb. J'aperçois le stylo, la bague verte et la montre qui lui restent de son père. Je la vois de dos pour le moment. Un dos étroit, des épaules trop hautes, des cheveux fous. Elle entasse d'autres livres dans le petit coffre de la voiture. Deux valises, une bleue et une rouge, un sac.

– Oui, la vie continue, et la vie se répète.

– Ses cheveux ont blanchi, la voiture a changé, et son cœur est peut-être plus fragile désormais.

– Mais non, souviens-toi de Natalia Ginzburg.

Notre cœur est très fort. Il est fort parce qu'il attend toujours. On ne sait pas ce qu'il attend. Mais il est doté d'une patience infinie. Tout le reste est très fragile. Nous avons l'estomac délicat, la peau délicate, le palais sensible, les nerfs fragiles. Nous avons des insomnies, des tremblements, des cauchemars, des sueurs nocturnes. Mais le cœur n'a jamais rien. Il est très sain. Il avale tout, il digère tout, les éloignements, la solitude, les poisons, les pensées angoissantes, les années horribles. C'est le cœur qui est fort, c'est le cœur.

– Oui, bien sûr, et puis elle n'est plus seule.

– Elles sont venues la chercher ?

– Oui, elles sont là. Et lui aussi.

– Elles, mais qui ?

– Tu sais bien, elles l'attendaient, elles étaient là, au bout du couloir, elles n'allaient pas la laisser dépérir une fois encore.

– Tu as raison. Et lui ?

– Il est à ses côtés, je la vois, elle roule toute la nuit, ils sont ensemble.

– Mais où va-t-elle ?

– Sois patiente, elle sait où elle va, au fond de l'infini pour trouver du nouveau, sois patiente, elle n'est plus seule, toutes les phrases qui l'ont bercée, je les entends : Je te salue vieil océan, rudes commencements et vagues de cristal. Je te salue, petite flaque. Je vous salue, crevettes mal assises.

Incertitude, ô mes délices
Vous et moi nous nous en allons
Comme s'en vont les écrevisses,
À reculons, à reculons.

– Comme le font les écrevisses, à reculons, à reculons ?

Assise face à l'océan, le dos appuyé à un petit rocher plat, elle regarde les enfants courir vers l'eau, remplir leurs seaux, construire leurs châteaux.

– Et lui ?

– Lui ? Il rit.

Tout est bien.

Paris, le 21 juillet 2021

Table

Chapitre 1. Une vie entière 9
Chapitre 2. Deux pas en arrière, un pas en avant.
Tu as fait beaucoup de mal 19
Chapitre 2 bis 25
Chapitre 3. Quand resurgit le garçon
aux yeux verts 27
Chapitre 4. Histoire d'une boîte à chaussures 29
Chapitre 5. Oui, au chômage, encore une fois ! 35
Chapitre 6. Le printemps refleurira (peut-être) 39
Chapitre 7. Mais c'est déjà l'hiver
et on dirait que les choses ont mal tourné 49
Chapitre 8. La Terre promise existe 55
Chapitre 9. Au café, en mai 63
Chapitre 10. Quelques années comme une seconde 81
Chapitre 11. Paradis. Détails. À la piscine 85

Chapitre 12. Paradis. Détails. Amours, toujours 91
Chapitre 13. Intermezzo 113
Chapitre 14. Petits signes précurseurs de tempêtes futures 117
Chapitre 15. Bullshit jobs, bullshit people 121
Chapitre 16. Une promenade avec Werther 129
Chapitre 17. Tu aurais dû apprendre à jouer aux échecs. Tant pis pour toi ! 137
Chapitre 18. L'enterrement d'Olaf 145
Chapitre 19. Alors surgit le petit Suchard 151
Chapitre 20. But Brutus said… 157
Chapitre 21. Prélude à un mini-procès de type stalinien 163
Chapitre 22. J'ai vu trois hommes se lever 169
Chapitre 23. Je vous salue, crevettes mal assises 181

DU MÊME AUTEUR

Les Filles
Gallimard, 1987
Folio n° 2978

Madame Placard
Gallimard, 1989

Loin du paradis, Flannery O'Connor
Gallimard, « L'Un et l'Autre », 1991
Petite Bibliothèque de l'Olivier, 2002

Petite
Éditions de l'Olivier, 1994
Points n° P187
Bibliothèque de l'Olivier, 2021

Week-end de chasse à la mère
prix Femina
Éditions de l'Olivier, 1996
Points n° P446

Voir les jardins de Babylone
Éditions de l'Olivier, 1999
Points n° P721

Pour qui vous prenez-vous ?
Éditions de l'Olivier, 2001
Points n° P993

La Marche du cavalier
Éditions de l'Olivier, 2002

Les Sœurs Délicata
Éditions de l'Olivier, 2004

V.W. Le mélange des genres
(avec Agnès Desarthe)
Éditions de l'Olivier, 2004

52 ou la Seconde Vie
Éditions de l'Olivier, 2007
réédité sous le titre
Les filles sont au café
Points n° P2353

Une année avec mon père
Prix des Éditeurs
Éditions de l'Olivier, 2010
Points n° P2617

Moi, j'attends de voir passer un pingouin
Alma éditeur, 2012

Dans les yeux des autres
Éditions de l'Olivier, 2014
Points n° P4145

Je vois des choses que vous ne voyez pas
Actes Sud, 2016

Vie de ma voisine
Grasset, 2017

Le Chagrin d'aimer
Grasset, 2018
Points n° P4954

Mes mots sauvages
Points, « Le Goût des mots », n° 4902, 2018

Sisyphe est une femme
Éditions de l'Olivier
Coll Les Feux 2019

RÉALISATION : NORD COMPO À VILLENEUVE-D'ASCQ
IMPRESSION : CPI-FRANCE
DÉPÔT LÉGAL : JANVIER 2022 – N° 1875 (166667)
IMPRIMÉ EN FRANCE